领导向左/
管理向右

Extraordinary Leadership

领导者是能够做正确事情的人
管理者则是能把事情做正确的人
两个角色都至关重要，但两者截然不同

彼得·瑞德 著 姜法奎 等 译

中国市场出版社
China Market Press

图书在版编目（CIP）数据

领导向左，管理向右/(英) 瑞德著；姜法奎等译. —北京：中国市场出版社，2008.6

ISBN 978-7-5092-0369-9

Ⅰ.领... Ⅱ.①瑞...②姜... Ⅲ.企业管理 Ⅳ.F270

中国版本图书馆 CIP 数据核字（2008）第 069754 号

书　　名：领导向左,管理向右

著　　者：〔英〕彼得·瑞德

译　　者：姜法奎　等

责任编辑：郭　佳

出版发行：中国市场出版社

地　　址：北京市西城区月坛北小街 2 号院 3 号楼（100837）

电　　话：编辑部（010）68033692　　读者服务部（010）68022950
　　　　　发行部（010）68021338　　68020340　　68053489
　　　　　　　68024335　　68033577　　68033539

经　　销：新华书店

印　　刷：三河市华晨印务有限公司

开　　本：787×1092 毫米　　1/16　　15 印张　　178 千字

版　　次：2008 年 6 月第 1 版

印　　次：2008 年 6 月第 1 次印刷

书　　号：ISBN 978-7-5092-0369-9

定　　价：48.00 元

领导向左/
管理向右
Extraordinary Leadership

致 谢

本书中的讨论以及所提出的建议，其要点是经过了30多年的发展才最终形成的。书中的许多观点并不是原创，而是对现有的、我认为是最好的理论资料的一个概括。我认为，一个观点要成为最好的观点，它必须是可行的，利用它作出的模型必须可以操作运用并能经实践证明。因此，本书中的所有观点，我都实际应用过——多数观点是我在给遍布全球的、处于复杂的重大变革项目中的客户进行咨询时用过——并已经被证明非常有用。

在本书的写作中，我要非常感谢下面提到的同事、朋友和组织，感谢他们慷慨的帮助、支持以及所提供的宝贵意见和资料：

提出群策法 (Mindworks，网址:www.mindwks.com) 的安德鲁·库珀 (Andrew Cooper)，本书用到了群策法，安德鲁还对本书第6章的写作给予了有用的意见和帮助。

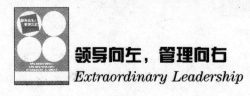
领导向左，管理向右
Extraordinary Leadership

史蒂夫·布莱特（Steve Bratt）和 BQC 绩效管理有限公司（BQC Performance Management Ltd, 网址:www.bqc-network.com）的很好建议，本书第 8 章的 EFQM 杰出模型（EFQM Excellence Model）用到了 BQC 公司的资料。

D&D 杰出公司（D&D Excellence）的戴维·理查德（Dave Richards）和德里克·梅德赫斯特（Derek Medhurst）,他们对本书第 7 章和第 8 章的写作提出了很好的建议，本书还使用了他们提出的用来说明平衡记分卡和杰出模型的图表。

欧洲质量管理基金会（EFQM, European Foundation for Quality Management）,本书使用了 EFQM 已注册了商标的杰出模型。

哈佛大学和哈佛大学商学院出版社的朋友，本书引用了《哈佛商业评论》（The Harvard Business Review）的内容，本书第 5 章还摘录了约翰·科特（John Kotter）的《领导变革》（Leading Change）中领导重大变革的 8 个步骤。

罗伯特·巴卡尔（Robert Bacal）和他的出版商麦格劳·希尔（McGraw-Hill）公司所出的工具书《绩效管理手册》，本书第 11 章摘录了该书的部分内容。

山吉（Sanjay Saxena）在电子商务和电子贸易方面提出了很好的建议，并且提供了一个"先拣重要的事情做"（getting the big stones in first）的故事。

文艺复兴咨询公司（Renaissance Consulting, USA），本书的第 7 章使用了该公司的文艺复兴白皮书（Renaissance White Paper）——《平衡记分卡概览》（The Balanced scorecard-An overview）（网址：www.rens.com）。

我尤其要感谢马丁·特雷德维（Martin Treadway）的敬业精神，他是

致谢
Acknowledgements

如此迅速地做好了封面设计，还有编辑艾米利·斯蒂尔 (Emily Steele)
和康根叶 (Kogan Page) 出版公司，他们信任我的想法，耐心地克服通
信设施的不便和我保持紧密的联系，并不断提出合理建议。和以往一
样，我还要向国内的、全球的我的所有客户和合作伙伴表示衷心的感
谢，感谢他们对我的直接教诲，以及给我提供将好的想法付诸实践的
机会。

最后，我必须感谢我的家庭，尤其是我的妻子布莱吉特 (Bridget)，
感谢他们的信念、耐心、兴趣、支持和鼓励。

领导而不是管理

天才的领导者是这样的，即使他不在场，没有天赋的普通人也可以做好工作。

瓦特·利普曼

(Walter Lippman)

在实际应用中，领导这个词汇的使用和概念通常是指这样一种情形：一个团队或组织要履行一项使命，其中的某个人（或某几个人）主管此过程，他们在履行这一使命的整个过程中都拥有权力并对结果负有责任。领导总是这样的一个过程：负责把未来的愿景转变为现实——转化而来的现实通常比现有的情形更好。要想实现这一过程，先要经过战略性的思考，并把它作为战略计划的手段，然后培养、协调团队成员的个人技巧与能力，同时保持团队作为整体的凝聚力，这样的战略才会使行动更为有效。领导为描述和定义愿景提供了支持，并激励员工不仅乐于参与工作，而且主动地共同承担责任来促进战略有效地实施，以使目标得以实现。领导过程通常还包括在动荡的运作环境中，通过可行的抵制 (considerable resistance) 来领导和协调组织重要的变革过程。这可从来就不是容易的事。事实上，领导工作包括新的创造性工作，也有人称之为领导的"新工作"，它更为复杂，其任务导向性并不像许多人所持有的传统观点，即认为目标是线性的。领导的任务之一就是要懂得这一复杂性并力图减少它，以使"没有天赋的普通人也可以做好工作"，正如瓦特·利普曼所言的具有说服力的话。

近来许多文章写到"学习型组织"，因而现在有一些评论认为，21世纪的领导更多的应该是教导和传授而不是制定战略、方法或工具，以此达到经验的共享，而这一过程可以通过发展一些具有可授性的观点得以实现。我认为，若某个新的观点变得时髦，人们经常就会有"把洗澡水和小孩一起倒出去 (throwing the baby out with the bath water)"的危险。对于许多既有能力又有潜力的领导者而言，他们有必要既能完全懂得战略的发展，又能借助一整套的方法和模型促使别人理解他们的远见卓识。

据说，每一个领导者都得"销售"两件最基本的事项：解决问题的方式和积极思考。但是，如果领导者总是提出解决方案，那么，就有可能强化旧有的范式（若有的话）以及抵制变革（总会有的），并可能产生不正常的依赖性。同样的道理，如果在实现既定目标的过程中，本已计划好的事情出现了比预期更多的困难（经常会这样），那么，这毫无疑问就会给各式各样狂风暴雨般的责备找到了借口。在多数情况下，最适当的建议是领导者应该让人明白解决问题的"必要性"，并使其他人迫切地去寻找创新性的解决方法，以此达到既定的目标。这就需要团队成员自负其责，为达到既定目标而提出创新性的想法，并用心地投入工作。鼓励和授权他们如此做，这就是上文提到的领导"新工作"中的一种，它在我的经历中是不寻常的，因此也是卓越领导的职责与技巧。

领导在管理绩效的同时，还要处理不确定性因素。这可能一直以来就是如此，而且毫无疑问的是，每一代领导者似乎都得处理比他们的前任更多的不确定性。但是，最近几年我们已经知道了许多有关绩效确实可以进行"管理"的更有效的方法，进而提出了改进业务和客户满意度的"解决方案"。对于不确定性，从其定义就可以看出，它是很难管理的，因此也就难以解决。然而，这是活生生的事实，不确定性是企业和组织的领导者在频繁变动的、难以稳定的经济环境下为实现目标而产生的，它现在比以往任何时候都不确定，而且，它也是环境变动的自然结果。迄今为止，也许不确定性的最新表现就是互联网的非同寻常的增长，从而伴随而来的是电子商务和进入世界市场机会的指数增长。在 1948 年，IBM 的首席执行官曾经预测世界只能容纳 4 台计算机，10 年以前世界上也只有 50 万个网站。但是，今天已经有超过 2000 万个网站了。又有谁能先知先觉地知道这样的发展速度，并且还能知道它的影响？

要成功地管理绩效和不确定性，领导者首先就必须认识到管理和领导的基本区别并对其进行角色模拟（role model）。具体的技巧在于保持一种动态的紧张状态，使它存在于高效管理所容易导致的自满（能在动荡的环境里控制重要变量的能力会给人深刻的印象）和由于多数人员对于不确定性的过度关注而带来的不安之间。毫无疑问，管理整个组织的不安是领导的责任，这也表明了领导的能力。在开始提高绩效时主动采用高效的方法，同时持续地优化管理绩效以产生"完美"的质量，这也可以产生"普通管理"（ordinary management）不可能单独得到的卓越的结果。事实上，个人可能会在许多单独的过程中取得重大的成就和可以计量的改进，但是，整个组织的持续学习能力可能是有限的，这时需要的就是领导者的能力，他能够将组织的整个蓝图看做一个系统，并承认其内部成分的相互依赖性。一些流程需要被再造，然而，如此做却可能影响整个组织的顺利运转，所以领导者必须学会运用系统思考，并教会他人也这样思考，以逐渐形成持续的组织学习能力。在本书中，强调上面提及能力的必要性将是反复提及的主题。帮助管理者和雇员认识到，他们认为的非常有价值的所谓"普通管理"所产生的表面上的稳定是不牢靠的，他们还必须应付持续学习的挑战 (企业甚至因之而兴旺)，这一工作是卓越的。在非同寻常的时刻就需要这一工作，就需要卓越的领导。

克服人类的风险回避倾向，或鼓励采取可能会导致短期损失的创新行为，这也是卓越的领导者必须帮助他们的组织 (在此指他们的员工) 所克服的。领导者需要学习上述技巧，还得帮助他们的组织 (在此指他们的员工) 不断地学习，以使他们能与时代同行，甚至能预测变革。现在，这种需要可能比过去任何时候都更为正确。确实，正如莫达尔 (Modahl, 2000) 所提出的情况：在多数的商务活动中，若谁想要成功地管理变革以赢得争夺互联网客户的战斗，他可能得 "现在就动手否则就永远没机会动手 (now or never)"。现在，速度和持久的、普遍的紧张感是保持竞争力或竞争优势的必要因素。

在以下各章中，本书将以注重实用的方式有逻辑性地带领读者经过以下过程：逐步了解具有战略意义的重大变革的系统思考方式的动态性、机械性；各章将提供实用的建议以说明如何实现持续的绩效改进；同时，在所有事情似乎都完全不能确定，或者没有能力进行全局思考的人之间的协议可能就是一个不确定的商品时，如果不能使之"得以控制"，书中也给出了如何保持"平衡"的建议。

当然，系统不是在真空中运行的，它们的建立或多或少有着清晰的目的，而且，它们是在一定的外部环境中运作。这些外部环境包括社会的、法律的、环境的、政治的和技术的因素，所有这些外部环境都要影响系统的运营以及系统管理者（尤其是领导者）的能力，这些能力包括：识别这些影响的迹象，从中学习知识，以及干预整个系统以改进绩效。系统中任何专家都可以用一种特殊的、难懂的方式行事，这样他们就能在系统"组成成分"或流程中找到需要改进或再造的领域，这种能力加上必要程度的授权，以及实施改进的权力就能促使领导者关注并致力于质量管理。只有拥有全局视角并能审视整个系统，进而判断变革对于系统其他部分的影响及其相互依赖性的能力，才会使高层管理者意识到什么是完美的质量。只有采用通俗的语言才能交流愿景，具备这种能力才能让众多雇员受益，并有助于任何企业或组织的授权过程。前一种能力 (即致力于持续的改进而进行的实践以及角色模拟) 是必需的管理能力；后一种能力（交流愿景的能力）是领导需要的一种能力。

为了实现期望的愿景就要作出计划，由此带来了许多有趣的问题。毫无疑问，战略性的问题是经常会出现的，也许我们事后会经常聪明地看到，不管我们多么细致、严密地作出计划，它们还是会经常出现，并且它并不是计划的结果。不过，我的实践经验 (经常是在十分动荡的运作环境中) 告诉我，通常而言，计划要比没有计划好。毕竟，好的计划并不仅仅是完全脱离事实的偶然结果，而是一个不断重复的过程，是迄今为止在实施计划进程中对成功或失败进行分析的反馈循环过程的重要组成部分。管理咨询界的先驱彼得·德鲁克（Peter Drucker）曾经写过："作出的计划本身没有什么价值，计划的过程才是无价之宝 (Plans are worthless, but planning is invaluable)。"

领导向左，管理向右
Extraordinary Leadership

当然，这其中的价值主要在于实践就是学习的过程，实际上，经历正反馈循环和负反馈循环的学习曲线就是一个学习的周期。要想这样学习，就得敢于主动创新，随时做好准备去尝试新的、可能是挑战性的战略以达到期望的目标。在一个良好发展、有着高绩效团队的组织中，这个学习过程的速度可能非常快并能持续下去。这样的学习过程发生得越多，整个团队就越有可能进行有效的自我管理，以达到计划的产出目标。但是，我还从来没有遇到哪个所谓的"自我管理团队"除了在适宜的范围内做事外还能做任何事情。要鼓励他们超越这一状态，向他们授权以获得非同寻常的结果，这就需要非同寻常的激励。我相信，这种激励只有正确而有灵感的、卓越的领导才能提供。比方说，一个经过良好整合的团队通过员工各自的技能和智慧，并凭借领导者的经验和知识，就能够对组织的共同目标达成共识并认识到团队成员间相互依赖性的重要。只有一个好的团队领导者才能协调团队成员，以达到超过既定目标的结果。这种卓越的领导甚至还包括管理组织潜在的创新压力，以提出革新方案。

在运作战略性的计划过程中，团队的协同效应尤其有价值。团队的协同效应来源于任何一个优秀领导者的能力，不管现实多么困难、资源多么短缺、以不合适的结构或范式形式存在的障碍有多么多，领导者都能够创造出关于未来的令人信服的、鼓舞人心的宏观蓝图。

除了鉴别战略以及可能是空想的结果和组织目标，一个有效的计划过程首先要做的事情就是把组织目标予以分解，以便这些被分解的目标能和单个管理者或团队成员相联系。事实上，一旦这些管理者或团队的成员看到他们的投入和整个组织计划的产出或目标间的逻辑关系，他们会时刻准备着承担责任。但是，计划并不都是分析、分解和再造，它越来越多地涉及综合各个相互依赖的活动，以整体地加强组织系统。结果，计划正变成组织的整体健康以及合适的体制问题。

一个真正高效的领导者所要做的就是，能洞察到目前对别人而言并不明显的事情（以及运作环境）间的联系、趋势以及模式，并号召同事们发展这一能力。乍一看，我刚刚隐约提到的这些逻辑关系是"双重"的，也就是说，这些逻辑关系基本上是自下而上的并由组织的等级产生，或者也可能来自于项目计划目标。但是，不管是具战略意义的上层还是最下面的运作层次，在所有的层次上，所需要的产出和为达到这个产出的任何投入之间都有着彼此的相互依赖和相互影响。正如玛特（Mant，1997）所称，决策有"三重影响"。试图对某些单独看来可能并未达到完全效率的流程进行再造，结果却可能导致对系统其他部分的不利的影响。比如，20世纪60年代，不列颠铁路公司（British Railway）在控制公司成本时发现，关闭一些亏损的铁路支线可能会削弱它们所支持的整个国家网络。不但国家庞大的运输网络几乎受到致命破坏，而且它对整个国家"系统"的影响也是巨大的和破坏性的。有效的领导能使由这种错误所导致的风险和损失达到最小化。这种处在每日的公司繁琐事务之中仍能纵观全局的能力似乎并不是普通的能力，我们因而可以得出结论，它是我称之为"卓越领导"的一个重要特性。

贝尼斯（Bennis）提到了他在20世纪80年代年所作的研究。他说：

"领导者是能够做正确事情的人；管理者则是能把事情做正确的人。两个角色都至关重要，但二者截然不同。我经常看到位于高层职位的人能把错误的事情做好。按我给出的定义，美国的各个组织所面临的关键问题之一是它们缺乏领导，即被过度管理，这个问题可能也存在于大多数工业化国家的组织之中。管理者没有对做正确的事情给予足够多的关注，然而，他们却对把事情做正确给予了过多的关注。这个过错一部分应归罪于我们的管理学院，我们教给人们如何成为好的技术人员和好的员工，但是，我们并没有为使之成为领导而培训学员。"

许多发展中国家的经验告诉我，上述不适当的情况并不只是大多数工业化国家所特有，它在许多发展中国家也很普遍，许多发展中国家有过度官僚化的机构——尤其是在公共部门；上述不适当的情况在社会主义国家和以苏维埃模式运作的国家也很普遍，甚至有人把不列颠帝国的公务员系统的影响也算在内。只要看看印度的公共服务就可以了！在那样的环境下，尽管在管理者的意识形态中有着长期愿景，但正确的事情往往被理解为短期主义行为，而且这种理念经常被统治精英（ruling elite）为自身的利益而服务。"把事情做正确"往往意味着保持现存系统的现状，或保持已经建立起来很长时间、并为现有利益服务的协议的现状。通常，任何新的"正确的事情"都得需要新的"把事情做正确"的方式，然而，这既是困难重重，又可能带来危险。按哈佛教授阿伯拉罕·翟尔思耐克（Abraham Zalesnik）所言，管理者"把他们自己看做是他们所认同的现有秩序的保护者和管理者，并因之取得回报"。理解了这一点，更确切地说是做好挑战现状的准备，毫无疑问就得有不同寻常的勇气。

然而，不幸的事实是，在发展中国家的公共部门中有更好的事情（多数是长期愿景）受到关注。结果，由于公众和国际社会援助捐赠者急于看到变革的收益，政客和公务员们就更倾向于以牺牲可持续发展为代价来获得变革的短期收益。

阿伯拉罕·翟尔思耐克是正确的。领导者必须做好提出一个新观点的准备，以不时地挑战现存的组织结构。领导者必须置身于一定的环境背景下来行事，同时，加强价值观和保持高度的原则性。这样做可能会给他们组织的运作环境带来更大的动荡，但是他们最后并不会失败。领导者需要不断地促进个人和公司的学习进程，通过这一进程促使其他的流程接受挑战、适应挑战并改进绩效，这也就会获得创新的想法和卓越的结果。

通用电气公司首席执行官杰克·韦尔奇 (Jack Welch) 是《时代》评出的"20世纪的首席执行官"，对他进行长期的观察后，诺埃尔·蒂思 (Noel Tichy) 确信使韦尔奇成为卓越的领导者的唯一重要的方面是，他努力在组织的各个层级培养领导，他把时间和精力主要花费在教授和培养其他的领导上。正如在最近一期印度商业月刊《今日商业》(Business Today) 上曾引用诺埃尔·蒂思的话，虽然要管理世界上最大的公司（按市价计算的资本总额），杰克·韦尔奇还是把60%的时间用在领导创新上，工作的重点是要建立起真正的领导。由于某种原因，他发现在做这些工作时，关键不在于时间，而在于优先权的选择。诺埃尔·蒂思还进一步指出，尽管学习是必要的，但仅仅如此还远远不够。他更喜欢"教授型组织" (teaching organization) 的概念，正如美国海军特战队 (US Navy´s Special Operations Units) 那样，当某个人学到他认为有用的东西时，他们会立即将之传授给团队的其他成员。

以上就是我试图在本书中所要写的内容。我相信，我们能把我们所看到的、听到的、符合实践经验的、最佳的事物加以提炼和综合，并把提炼和综合的精华融入我们从实践经验中所获得的实践学习和实用技巧中去。20多年来我一直帮助他人处理各种变革，并从中学到了实用的技巧。如果说我在获得以上技巧的期间学到一个经验的话，那就是普遍存在的原则性以及战略性的领导。普通的管理是远远不够的，现在需要卓越的领导。如果本书能采用一些方式使卓越变得少一点"卓越"，那么写作本书也就达到了目的。

总而言之，我试图把两件事情综合起来。第一件事是探寻我所认为的当前对领导的最佳思考，这无疑是现在的许多公司所需要的，即使可能并不是大多数公司需要的。第二件事情是对一系列模型（我认为是最好的实践活动）进行一个非常实用的总结，这些模型不仅巧妙而形象地解释了如何培养系统思考，以及如何领导以便对重要的业务流程进行改进，而且还作为一个实用的工具箱，促使领导者作出计划，并协调和监督这些观念在实际工作中的应用效果。

　　本书中这些东西并非原创，我不能声称对它们的发明权。每一种方式都能用各自的方式提供卓越的洞察力。我可以保证，把它们综合起来并按我建议的顺序使用，它们能够促使你把其他人和组织团结起来，以产生出卓越的结果。

A

环境与挑战

领导到底是什么

领导是战略和性格的统一。如果你必须从二者中割舍的话，那么就放弃战略。

诺曼·施瓦茨柯普夫将军
(General H Norman Schwarzkopf)

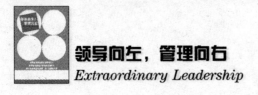
领导向左，管理向右
Extraordinary Leadership

理解与展望

卓越的领导者是天生的还是后天产生的？这是一个古老而又全新的问题，对此问题的争论已经很多，因而最好不要再提及它，以免被认为是想象力匮乏、重复、故意争论或政治上有问题。当然，确实有许多著名领导者的例子，他们从没有专门为领导角色而培训过，也从没有以某种方式培养超越他人的能力。我敢推测，绝大多数被认为是卓越的领导者都承认：他们掌握的知识大部分是从实际经验中以及授予他们领导权的人那里学到的。进而，我斗胆提出，我们现在需要一种新的、不同形式的"卓越的领导"。事后才宣称"领导的卓越"过于保守，如果通过研究领导的性质就可以抓住领导的精华，那么，如此做会对实现我们的目标有些益处。尽管许多人试图定义或描述这一精华所在，但迄今为止还没有人做到。塔芬德（Taffinder）似乎指出，拥有一整套可以处理各种各样困难局面的技能应该是领导能力的一部分，他是在阐述以下内容时指出了这一点的：

> 如果人们不能认识到领导既难以捉摸又十分重要，既热情奔

4

放又冷淡单调,既需要耐心又依靠机遇,既要靠个人野心获取力量又得靠他人的培养,那么,他就不能理解领导。领导是这样一种能力,它在可能是毫无希望的环境下却能更好地发挥作用,得到的结果要么是成功,要么就是希望渺茫。在某种意义上,领导并不重视普通的领导者尽最大的努力去争取胜利的做法。

所有发达国家的商学院都确信(并试图使潜在的客户信服),至少主观的内容可以学习,这么做是不正确的吗?事实是,正如我在内容介绍中引用瓦伦·贝尼斯的话时提到的,管理学院经常倾向于培养优秀的技术人员和公司职员,它们通常并不把人们培养成领导,即使有个别学院声称胆敢做这种别的学院不敢做的事。试图使人们相信知识和能力是同一事物,或领导和管理其实是同一事物,这种手法真的高明吗?大学的过时的观念认为,那些声称能够带来真正商业利益的程序真的可以赚取金钱,而且由于给予这些程序较高的地位,该程序已经成为一门令人尊重的学科,这些难道不是机会主义行为所产生的吗?对历史事件和行为模式进行有学术价值的纯研究(在商务领域和政治军事领域一样)在某种程度上会提供比主观内容更多的东西吗?会比描绘一个有效率的领导者做什么提供更多的数据吗?为自动防故障装置(fail-safe)提供运作指导,以在任何环境下扮演任何角色的人,这真的能为技能培养计划(competency training programmes)提供所必需的答案吗?或者,把理论应用于实践总是需要具体的内容吗?

能够确定的是,尽管每个人都不可能是几十亿美元大公司的首席执行官,就像每个人都不可能是奥林匹克运动员一样,但是经过训练和实践,我们还是能够比现在学到更多的东西。在许多人身上都存在领导潜力,而且现在比以往任何时候都有更多的机会去培养和表现领导能力。

商学院能够也应该看到这一挑战 (其实也是市场机会)，它们应该运用长远的眼光洞察到如下事实 (也许超过一代人的时间)，它们将在培育潜在的领导者方面起作用，而这些潜在的领导者也应相应地确保，在他们的企业中存在组织文化和组织氛围来培育创新的领导潜力。

非同寻常的挑战

真正的领导需要非同寻常、或者说是特别有挑战性的非同寻常的环境吗？我们是否可以就此得出结论，所有配得上领导者这个头衔的人实际上只会把他们的知识和技巧运用于非同寻常的环境？也许，有效的管理实践在这种情况下就会错误地成为领导。我们是否被劝说过，我们现在生活的时代要比以往任何时候都要非同寻常？我们现在真的有足够多的数据、证据和经验培养潜在的领导者，并加强现有领导者的技巧，以便能正确而清晰地对主题以及把其应用于连续性的计划给出实践性的建议？

按照塔芬德的说法，一个人可能会得出所有的这些内容都并不重要的结论，因为，就像旅行过程中的收获要比达到目的更大，"尽最大的努力去争取胜利是普通的领导行为"。我认为卓越的领导与普通领导行为的不同之处，用塔芬德的话说，就在于它能够取得抢占先机的、有计划的、系统的、卓越的成功。正如本书中通篇重复的，抢占先机、有计划、系统思考是领导特殊标记中最基本的要素，这些要素在重要的变革创新和项目中更易发挥效果。能够持续地从系统所提供的反馈中学习的能力可能最为重要。

为了合理说明本书的内容，我当然要说，对于以上我所提出的大多数问题，尤其是最后一个有关领导者角色培养的问题，答案都是肯定的。不论过去是否有人说过同样合理的话，我们肯定生活在非同寻常的时代，面临非同寻常的挑战，需要卓越的领导能力。当然，多数能力是能够培养的。应该注意的是，知识不过是能力的一个组成部分，能力本身就处于特定职业道德的背景之中。拥有世上所有的理论知识，并不意味着将会作出有效的（指道德上或原则上的事）决策，或做出有效的行动。举一个简单而又实际的例子：一个人可能在理论上知道所有应该知道的正确的方法来训练或解雇一个表现不佳的组织成员。从感情上讲，这个人甚至可能不喜欢这个将要进行培训或被解雇的相关人员，但这种事情发生了，你是立即去做它，还是装作不知道而躲开呢？作出困难的决定需要快刀斩乱麻，商场和战场一样，都需要这么做。商场和战场这两种情况都不是在发展战略，"如何去做"才是真正重要的事情。正如克里斯·阿格里斯 (Chris Argyris) 经常提醒我们的，共知的理论应该和实践中的理论相一致（但很少是这样的）。

考虑一下社会的发展、信息技术以及尤其是迅速变革的企业运作环境，它们对我们对待领导和领导者的态度以及如何利用领导和领导者产生了深刻的影响，这可能是非常有用的。在实际工作中，这些环境因素对领导的影响将在下一章及其后讨论。现在，我们考虑一些传统的观念。

为非同寻常的情况培养领导——军方观点

军界中的人总是认为，领导者实际上是可以培养、发展起来的，尽管在整个军事历史中，他们往往会认为，这种"可培养性"在某种程度上要依赖于相当狭小范围内可察的天资和自信。人们感知，这种天资和自信更可能是先天具有的好的遗传基因，而不是什么基于科学和心理分析的结果。如果一个贵族家庭中连续出生了好几代这样的孩子，这些孩子长大后期待着自动地成为军官并能够委以领导重任，那么毫无疑问的是，很容易就可以认为这个家族在一定程度上存在"遗传基因"，并且在任何一个筛选领导者的过程中家族的联系也就和其他的标准一样重要。更进一步，领导被认为是在非同寻常的运作环境中不时地以"其他标准"表现出的一种品质，而对于官员来说，领导则被假定为是一种先天具有的特性。

直到最近，这种观点仍存在于英国军队中，桑德赫斯特 (Sandhurst) 皇家军事学院 (Royal Military Academy) 就曾经（可能现在还这样）用一个还不确定的称为"OQ"的品质或军官品质的衡量标准来评价它的学生。显而易见，这种标准更可能是心态 (attitude)（更好地说是自信）的结果，而不是学习或应用所必需技巧的结果；在某些玩世不恭的人看来，这些标准作为指标的重要性还没有完全被忠诚的精英领导阶级意识到，这些领导阶层还会使用更具有可衡量性的标准来替代这些标准。然而，采用某种方式后我们还是可以知道短语"军官品质 (officer quality)"的意义，军官品质真正指的是天生的能力，即自信能激励他人产生自信的能力。按上文，心态真的是智慧或能力的重要组成部分吗？如果主要由第三方观察者来理解能力的话，那么心态可能就是能力的重要组成部分，并且智慧毫无疑问就是产生这种心态的一个因素。

我的一个曾是海军军官的同事告诉我，海军军官绩效评价表中就曾有（可能现在还有）这么一个问题："你和这个人在大海上一块航行会高兴吗？"我还记起从一个骑兵中尉的秘密报告中所引用的一句生动的（无疑是杜撰的）话："我可不愿意让这个军官训练我。"虽然这两句话隐含着在需要作出判断和结论时都必须使用主观的、不能量化的标准，并且尽管很有趣，我们都能通过某种方式知道这些标准指的是什么，我们都可以联想到其隐含的含义。领导，就像美丽那样看起来难以定义，但当你看到时就立刻会知道。

在狄克逊（Dixon）所著的《军事无能的心理学》（On the Psychology of Military Incompetence）一书中，他对挑选、培养和战略的显著缺点及其对政治和社会的影响进行了明确的分类。如果他现在要写续篇的话，那我敢肯定，从他写书后到现在，"无能"的例子一定会和他最初评论的例子一样多。

普通的管理和卓越的领导

在军队中，作为初始筛选和培训的后续工作，军队经常举办一些不合逻辑的、显然是不正确的"职业设计"，它们的结果令人遗憾，其表现之一就是它从来都不考虑较晚才会发展成才的人。若不是在和平时期，而是在战时或是在战场上，这是正确的，聪明的年轻人会发现，他们立刻就会被迅速地提升到拥有巨大权力的位置，他们可以足够幸运地凭借聪明而变得出类拔萃。在和平时期，部队中既不存在机会也不存在挑战，因而部队里的每一个人都必须表现出从任何方面看都有卓越的真正的领导技能和品质。事实上，军界中绝大多数人都承认，在和平时期每天所进行的各种活动中，都需要很多管理技能，即我在上文称之为"普通管理"过程。我认为，英国军队中所有级别和层次的领导的品质都非常高的原因之一是，自二战以来，英国或多或少就一直在全球进行小规模战争和镇压反叛的军事活动，因此，在这种频繁服役的情况下，总有许多机会让那些有足够多的各种资历的军人获得真正的领导经验（对于和平时期就是卓越的），并通过培训传授给其他人，以持续地改进流程和装备。

不过，在和平时期也一样，因为在过去，当组织的级别较低时，组织很少鼓励在组织发展过程中应对所出现的机会或挑战的行为（现在，私有或公共组织称之为"需要改进的地方"）。能够进行建设性批评和持有全局视角的能力在过去很长时间内都被有力地阻碍了，尤其是在下层官员中。他们被挑选出来的部分原因可能是因为他们具备能够选举出委员会的创新能力，但如果他们敢于进一步证明自身或是对现状提出疑问，那悲哀将可能会发生在他们身上——至少在他们拥有高层官员的权力和职位，以证明他们可以这么做之前是这样的。固有的文化和范式阻碍了它。

应该承认，我是相当地敬佩和喜欢这种在军队中运用很容易记录分值的评价方式。我就是生在军人家庭，在前文提到的皇家军事学院学习了两年，毕业后服役当了9年的职业军官，因而我可是真的知道并经历过这种总体环境，即特殊的、非同寻常的可以定义为卓越的特殊力量（Special Force）的环境，在这种环境下，真正的精英领导有充分的理由变得更加显而易见地重要，卓越的领导在组织的所有层级也就成为必需的东西。在这里，单词"特殊"（Special）和"卓越"（Extraordinary）事实上已经成为同义词。在本书以后的部分，我会再次讨论这个也许是我们得出的结论，即普通的管理和卓越的领导在军队中的应用，同时还要讨论企业和其他组织的领导者可以从中学到的经验和教训。

心态、智慧和终身学习

近几年，许多作者注意到，有效的领导者（通常是负责公司或组织重要变革项目的领导者）形成了不间断地终身学习（可能是下意识的或无意识的）的习惯，他们成为较晚才发展成才的人。尽管他们多是受到传统的教育而缺少早期的成功，在发展过程中也遇到阻碍，但他们认识到变革的必要性，并且经常把大量精力投入到改进官僚机构或大的公司事务中。终身有意识地学习这种自律能力，或者尽可能地保持变革和挑战，部分原因似乎就是他们不受破坏性影响的干扰，同时又有稳定的心理。在这样的环境下，为了个人的发展而鼓励更广泛的学习以及更大范围内的授权行为可能具有无尽的价值，而个人的发展主要还是通过照顾父母、关心亲人、尊重教师而获得。

就性情和价值观而言，在较为敏感的家庭环境中，家庭的稳定或始终如一的特性似乎在培养孩子未来稳定的、有用的（相对于无用而言）行为模式方面起着重要的作用。可以合理地得出结论，稳定性是合理的领导能力的先决条件。这两者间关联的逻辑性强且是正确的，这就正如心理学家经常研究的，那些被历史抛弃的多变的、不出名的领导者多数在成长阶段有过破坏性的经历。某些人则可能会因为变革和不确定性而提高能力，这也许是由于他们在不断地适应挑战和动荡（但并未受到心理伤害）的职业或个人生活时得到锻炼的结果。另外一些人则害怕变革，许多人对变革产生的不确定性感到不安。似乎正是因为易于接受挑战并且具有不回避风险的特性，学习的能力才得到提高。

显而易见，能体现这种能力的个人特性以及行为模式已经被充分地研究，并能够用令人满意的办法来检验。那些我们试图看做领导者的人们，通常是因为被指定到某个位置而接受"头衔"或"对他们的描述"（在其上面附着追随者们认定为"衣钵"的东西），他们负有管理人力和资源的责任，以达到切实的目标。正是对确定性和不确定性的权衡、对挑战的困难程度和风险轻重的权衡，决定了负责这个职务的人能

11

在多大程度上证明自己拥有我们认为的真正的领导技巧，而不仅仅拥有简单地管理流程和人力资源所必需的技能。

重要的变革创新在定义上是一个"项目"，执行此项目时就有必要寻求和衡量执行成果。同时，这种变革创新也很容易产生不安和对未知的恐惧。要在执行这样的"项目"时领导他人，领导者就得具备角色模拟（role model）的能力，以同时管理绩效和不确定性。让别人看到领导者这么做，也会让那些生来就在这种动态环境下感到不安的人（而不是那些总是觉得刺激、不觉得恐惧的人）感到放心。帮助"传统"的、也可能是成功的企业应对电子商务的挑战，甚至因之而更强盛，这就是在现实中这种领导技能的活生生的完美例子。

快鱼和慢鱼

必不可少的战略发展经常会因为其速度而使人害怕，但它就是这样。大鱼不一定吃小鱼，快鱼却能吃慢鱼！速度是必需的，这就意味着现在的学习曲线应该明显地比过去其他新的发展和投资的学习曲线更陡峭。美国弗莱斯特研究机构（Forrester Research）的报告提醒我们，广播用了 50 年才在整个市场上被人们完全接受，相比之下，电视用了 20 年，而互联网只用了 5 年！

学习曲线不仅仅变得更陡峭了，由于在设计、建造以及使用中需要了解和掌握的技术越来越复杂，学习曲线的高度也就上升了。幸好技术也产生了收益，那就是再也不需要知道关于一个主题的所有信息，你只要知道到哪儿找到所需的信息就可以了，而借助于现在的技术，我们通常就可以在网站上找到它们。

不过，运作企业的全新方式和现在传统方式的结合注定会发生冲突。实施挑战现存结构、态度和范式的创新性工作也总会产生冲突。卓越的领导者此时就必须能够对冲突作出客观、具体的处理。他们必须区分 "自我" (self) 和 "角色" (role), 这就要求把关注的焦点放在实际的问题上, 并找到解决冲突的合适人选, 这些人选通常指那些脚踏实地做这些工作的人。

青蛙和自行车

另外, 按照阿里思戴尔·玛特 (Alistair Mant) 的方法, 我们必须确定组织是一个可以拆卸、清洗和再造的 "自行车", 还是 (几乎总是这样) 一只活生生的 "青蛙" ——一个有生命的系统。

有生命的系统通常和其他部分有着共生的关系, 对它进行再造或外科手术 (即使只对其中看起来像自行车的部分) 就算没有发生致命的后果, 也可能会产生危险的后果, 甚至可能会影响到它们所隶属的更大的 (生态) 系统, 这是因为企业新的运作方式完全要以新的技术为基础, 但这并不意味着对流程进行调整是机械的行动, 或者把原有流程与调整后的流程进行整合产生新的流程也纯粹是机械的行动。

科威 (Covey) 也赞同组织基本上是有机性的, 而不是机械性的。他谈到了掌握 (他称之为) "机械范式与有机范式" 的必要性。他指出, 要想实现预定的结果, 仅仅通过机械化的再造或替换不能工作的部件, 组织是不可能达到所期望的结果, 只有长时间的 "精心培养" 才能达到所预定的结果, 就像园丁知道如何创造适当的条件来获得最佳的生长。

领导技能基础

迄今为止, 我们已经列出了一长串技巧和能力, 以至于把成功领导

领导向左，管理向右
Extraordinary Leadership

者的话题晾在一边。近几年已经有许多人致力于定义和表达这些领导能力，他们想确定这些能力在实际中是否是普遍的，而且是可以应用的，比如应用于公共的或私有的组织。所有这些模型都意味着（假如没有被解释），技能总是依赖于其所运作的环境或潜在的环境。

贝尼斯对 90 位领导者的共同领导技能进行调查后得出结果，把他的调查结果放到具体的环境中考虑是很重要的，在进行调查研究之前以及在调查过程中，把美国曾发生的重大事件以及人民的情绪（尤其是 20 世纪 60 年代到 80 年代的衰退和市场委靡）都要考虑进去。在进行了几年的观察与交流之后，他详细定义了四种技能，他发现所有的调查对象（有 60 家公司和 30 个公共机构的首席执行官）都在一定程度上具有这四种技能。他把它们称之为：

- 注意力管理；
- 意图管理；
- 信任管理；
- 自我管理。

贝尼斯进而说到，这些技能的共同特征就是对他人授权，这在以下四个主题中表现得尤为明显：

- 人们感到有意义；
- 学习和技能是重要的；
- 人是社团中的一部分；
- 工作令人兴奋。

甚至过了几年，在了解了更多的事情之后，还是不能否认，肯定绝大多数的这些能力似乎是不言自明的。真的用得着对 90 位领导者进行调查后才能得出这些有用的事实吗？也许需要，当然是在做调查的那个时候。现在这些东西似乎已经是常识了，可我们都知道，好的感觉的缺陷在于它通常都是不普通的，无论是在那时还是在现在都一样。以上对良好组织的领导特质进行了描述，它们也许是可以预言的，但是似乎有比它们更有趣的说法，就是领导者如何发展必要的行为特点、风格和模式，以提高领导的特质，在任何给定时期（可能是动荡时期），他们如何选择先后顺序来做这一切？我们能够找到做这些事情的途径并教给别人这些诀窍吗？

进而，这些已经证明在一种非同寻常的环境下很有用的诀窍，能够应用于以另一种方式表现出来的非同寻常的环境吗？如果这种能够感知的、必需的能力和贝尼斯所提出的能力一样普通的话，那么，它们是能够应用于其他环境的。当然，在如此应用时，我们必须区分领导技巧、领导技能的发展，以及将它们有效应用于生产实践的能力间的区别，例如，在培养和教育高效的团队时就得这样。也许正如彼得·德鲁克基金会 (Peter F Drucker Foundation) 的总裁兼首席执行官弗朗西斯·黑塞贝因 (Frances Hesselbein) 所说："领导是指如何'成为' (how to be)，而不是如何'做' (how to do)。"在人们区分出如何"成为"以及如何"做"之间的（或共同指标）区别后，也许就可以最好地理解这些一般技能的真实内涵。这样我们就可以把它们和重大变革计划或项目中的领导的基本流程相联系。在第 13 章，我将深入探讨以下领域：领导技能、技能框架以及技能变化的影响。

当然，观念总是在一定程度上依赖于一个人的出身。在谈到"注意力管理"这个关键能力时，贝尼斯讲到，当一个年轻的大提琴演奏家被问及对指挥的感受时，这个大提琴演奏家做出如下回答："我要告诉你他为什么如此伟大：他不会浪费我们的时间。"这很有意思，因为它隐含着这样一个事实，要产生这种深刻认识，回答者应该知道他的时间是否被浪费掉。相应地，这也就意味着他知道时间的价值，其中的价值既有货币尺度也有智力尺度，价值的这两方面最终都受制于权力（这种权力通常由另外的某人掌握），这样就便于产生更好的效果并认同价值。如果这个"另外的某人"在长期的角色模拟中并未表现得"诚实"，那么，类似大提琴演奏家的人如何才能继续确信他自己的时间太宝贵而不能被浪费呢？当所有可行的激励因素，或者甚至是赫兹伯格(Herzberg) 所提到的"保健因素 (hygiene factors)"都不能发挥作用时，领导者的部分工作就是使人们深信他们自身的价值，尤其是在严格的预算约束条件下更是如此。

权力与影响

已经证明，领导工作的困难程度是和领导者合法权力的大小成反比的。正如科威指出的：

> 合法权力的特点在于它产生持续的、主动的影响。权力是"持续的"，这是因为它并不依赖于追随者身上是否会发生期望的某事。"主动的"是指在持续的基础上作出选择……当追随者像领导者一样深信原因、目的或目标时，合法权力才会产生。

依靠职位权力或等级总是相对地容易，尤其是在尊重等级和地位的传统文化中，或者管理者和下属的权力差距足够大，以至于可以阻止公开的不同意见和不顺从时，这就更加容易。通常，更为困难的是（也许是更卓越的），处在压力下或在危机之中仍有能力保持深层次持有的价值观，这就需要我们经常说的"忠诚的性格" (true character)，并且应用它总是需要一段持久的时间，以便建立起相互信任的关系，这种信任关系尤其不能被捏造出来，也不会单独从正式的职责中产生。我们再次记起黑塞贝因的观点，即领导也许是一种"成为"什么的方法而不是"做"什么的方法，还有诺曼·施瓦茨柯普夫所提及的：性格最终要比战略更重要。

指南针和地图

这种"是什么的方法"说明了在类似的危机中通过本能和价值观来寻找个人做事的方式。这个过程也许更类似于用指南针而不是用地图来导航。一个人必须相信真实的方向感，而不是盲目相信在细节上可能有错误的或不合时宜的地图。当谈及为什么在当今商务领域里指南针（传统的自然法则）要比地图好得多，我还得感谢史蒂芬·科威给出的几个非常有说服力的理由：

- 指南针为人们确定协作的方向，甚至在森林、沙漠、海洋和空旷的、无人居住的地区为人们指引路线或方向。

- 当地域发生了变化，地图就过时了，尤其是在迅速变化的时期，地图可能刚刚印刷出来就陈旧了、不再准确了。

- 不准确的地图会使试图找到出路或航线的人感到万分沮丧。

- 许多领导者是在地图上未标明的水域或荒野中探寻和管理，但没有准确地描述该地域的现成地图。

- 要想十分迅速地到达任何地方，我们得精炼流程、清理生产以及分配的渠道（高速公路），而要在荒野里找到或建造这样的"高速公路"，我们就需要指南针。

- 地图只能进行描绘，但指南针却能提供更远的愿景和方向。

● 一个精确的地图是一个好的管理工具，但一个指南针却是领导和授权的工具。

过分依赖于地图更像依靠一个过时的、不适当的思维模型和范式。有时候，一些理论上很容易被接受的必要变革在实施中却会遇到明显的抵制（例如，在组织、整个社会或国家机构的现代化过程中），这种抵制究竟是仅仅源于组织范式（能够而且也应该改变），还是源于更深层次的、非妥协性的社会的或国家的文化，从而与我们所信奉的经济理论或公共服务发展相悖，对此，我们很难确定。当然，要想让整个社会都认识到根本变革的必要性，那是政客们的使命。毫无疑问，能够做到这些的人需要有影响和说服别人的卓越技巧，在民主政体中，大部分人迟早会判断出这种影响对他们总体而言是否真正有益，其效果就像召开董事会一样。

领导者必须在实践中展现他们的领导艺术、实施领导的影响力或实施领导技巧，这些通常总要涉及运作环境的动荡问题，这将是下一章的主题。

领导向左/
管理向右
Extraordinary Leadershi

2 应变

为什么每一代人都认为他们生活在最动荡的时期？

亨利·明茨伯格

(Henry Mintzberg)

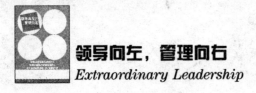

变 革

在第 1 章中，我们谈到，许多组织和商业企业认为，它们在运作企业的过程中必须经常面对剧烈的变革，这些变革在规模上是空前的，其对有效的战略和运作计划所造成的困难和影响也是前所未有的。事实上，这种抱怨长期以来就存在，所以明茨伯格在 1994 年提出了本书引言中的问题。

我们生活在非同寻常的时代，因而我们必须不时地对现有的流程进行再造，这样的想法使我们焦虑，并产生了忽略过去商务活动中大部分优点的令人遗憾的倾向。上述倾向也给我称之为不健康的"整形外科手术"（orthopaedic surgical）的咨询业务提供了动力，而这种业务如果进行整体的讨论或采取"健康和适宜的体制"（health and fitness regime）之类的方法可能会更合适。那些愤世嫉俗的人甚至可能说得更离谱，他们说这些咨询业务是有其目的的，并已经影响到私人和公共机构。这一现象在发展中国家尤其明显，在这些国家中，国际捐赠社团坚持支付成百万美元给那些值得对系统进行再造的手术，这些外科手术式的再造是由咨询者们强加到那些系统之上的，从而使系统变得疲惫不堪。其结果和以往相比，如果有什么区别的话，那就是这个"受益"的组织有时会更加不健康，因而得出最终可预见性的结论是：显然，管理变革的困难程度是尽人皆知的，进而，也可以预见性地听到这样的建议：更多同样的"治疗"是十分必要的。但这些字眼让人很不舒服。

在贝尼斯和威廉姆斯 (Williams) 的引人深思的书中，他们提出的被称为"有机系统思考"的方式会使人想到：

> 组织正在进行的大多数变革是自我强加的：它是管理者不顾一切地推动变革而导致的结果，而不是利用人的天生能力以及组织的发展所得到的结果。

当然，试图"推动变革"也可能成为一个错误的战略，即经常未能重视（更不要说考虑了）在刚开始阶段所产生的抵制。但是，这样做的原因可能是领导者认同 [或者一致认同哈佛大学教授约翰·科特教授所称的"指导联盟" (guiding coalition)] 以下事实：为了继续从事实现长期愿景的任务就必须产生紧迫的危机感，这就需要采用这种方法——结果能证明方式的正确性。这就暗含着：如果你要脱身于与你的未来愿景不相一致的现有事实，那就要期望发生变革；如果你不推动这一变革，你就会不可避免地成为变革的受害者，但是你又不能加以控制。这种强制推行的变革可能会对你产生损害。稍后，我会回到这个"管理"变革的有效方法的方向是"自上而下" (top-down) 还是"自下而上" (bottom-up) 的讨论上来。

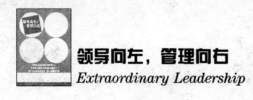

需要方向感

现在，让我们考虑这个问题，即如何理解变革的必要性。变革管理这一概念在过去的 10 年里已经变得太时髦，以至于可能会存在这样的危险，即管理团队可能会出于自身利益的考虑而陷入一种"团体思维"的模式，以支持任何变革。这种可以感觉到的主动的愿望，与在运作环境中有危险时才作出反应相反，这种愿望可能会使一个人忘记下述事实：站在河流前面时，他可以测定水的速度和方向并利用它来为自己服务，进而，人们可能还会失去了必要的信心去尝试困难的任务。

任何一个经常走山路的人都知道，山上的小路通常历经数代人才形成今天的山路，有时甚至是动物凭借识路的本能走出来的。尽管走山路的人并不总是沿着明显的直线或最短的路线走，可他们总是安全地到达终点，而且，通常也有一些很好的理由解释他们为什么沿着地形前进。尽管我们利用这些小路走到某个特定的、具体的目的地可能会有好多方法，但从逻辑上来讲，总还是有一个正确的方向（即使可能有许多盘旋弯路）。真实的方向感（就像指南针一样）使第一个走这些路的人能够开辟道路，这样，所形成的小路随着时间的推移就成为其他人遵循的地图的"基础"。

从何处设计战略

大量的争论涉及以下事实：作为构建战略基础的当前事实是否要比我们无法看到的、规划好的愿景蓝图更合理，毕竟，当前的事实是可以看得见、摸得着的，因而也没有借口说不能进行准确分析。由此看

来，贝尼斯和威廉姆斯认为，当前的事实总的来说应当更可靠。他们是
这样说的：

> 寻求组织中员工的变革方式是一个非同寻常的问题，而从
> 当前的事实着手是解决该问题的基石。组织变革的原动力来自
> 于当领导者逐渐认识到组织的现状……然而这种观点是非常地
> 荒谬。变革的领导者按照他们自己的观点有效地工作，而他们
> 的观点是在对真正可行的东西渐渐清晰了解后才得以修正和形
> 成的。在一些组织里，一旦员工真正地参与进来并为之努力，
> 领导者的最初目标或愿景似乎就更为清晰。

我同意他们的观点，即没有或很少有时间进行计划，因为变革的步
伐实在是太快了 [在汤姆·彼得斯 (Tom Peters) 这样杰出的人和其他人
撰写出以上思想后，此思想似乎就已经变得很时髦了]，以上这个观点
肯定有缺点，甚至可能是危险的缺点。我也同意，即使是在长期战略计
划中被牢记的愿景，也可能并且应该被反复更新，以和新的事实相符。
短语 "变得更为清楚组织目前的处境" (becoming more aware of where
the organization is now) 中的 "更为" 隐含着与其他处境（我们需要处于
的）的对比，或者至少需要一个系统的框架或模型来帮助我们分析和加
强我们现有的认识，以最终提供更好的质量。

再回到上文对地图和指南针的比较上来，在指南针的例子中，我们
能够看到，指南针并没有必要非要向北方。用这个工具推导出的现在可
能在哪儿的结论，是以在当时的具体时间内指南针是在什么方位为基
础的。若没有起点作为参照物，方向是没有任何意义的，因此，追问是
当前的事实或是想象的未来状态谁更重要，这也许并不是问题，问题应
该是认识到对两种情况进行合适的、尽可能精确的评价的必要性。

分析工具

有许多模型能够对上文所说的两种情况以及二者可能存在的差距进行分析。例如，众所周知的对优势、劣势、机会、威胁的分析（简称SWOT分析），这其中就暗含了对比，以及为了获取商业竞争优势而专注于竞争性因素及其援助战略计划。

其他的模型还有SLEPT分析，此分析考虑组织运作环境中的社会（Social）、法律（Low）、经济（Economic）、政治（Political）和技术（Technology）因素。这样的分析用于帮助组织找到需要确定的方向，指明恰当的实现目标的战略，为预测这些因素可能会如何影响整个运作环境提供合理、可靠的根据，进而使组织适合于在这样的环境中生存。

另一个，也是近几年得到广泛传播和注意的分析工具是平衡记分卡（balanced scorecard），它是由卡普兰（Kaplan）和诺顿（Norton）在《哈佛商业评论》上的一篇文章中首次提出的。现在平衡记分卡已被认为是一个有助于产生系统思考的强有力的工具，其良好的名声是名副其实的。现在它已经成为许多基准法（bechmarking methodology）的基础，这些基准法用于持续改进的计划、监督和评价，以达到完美的质量。

在我看来，不可思议的是，平衡记分卡作为一个分析当前事实以及期望的未来状态，进而用大量的因素和参数来定义两者"差距"的模型，其有用性至今还未受到广泛重视。而且，它作为战略发展的工具也是和愿景一致的，或者也可以用来帮助定义愿景的，但这一用途也无人使用。当采用这种方式来运用这一工具时，它可以尽可能地使战略计划不受制于紧急运作条件下反复无常的行为。尝试使用该工具的公共机构比没有使用该工具的其他机构更频繁地获得以上的效果。在第 7 章，我将对平衡记分卡的使用以及收益给出更详细的描述。

例如，在联合王国公共机构的基准法计划（UK´s Public Sector Benchmarking Project）中，企业杰出模型（Business Excellence Model）——现在称为欧洲质量管理基金会杰出模型（European Foundation for Quality Management´s Excellence Model）——的使用已经历经 7 年的精炼，就是一个平衡记分卡模型。该模型鼓励管理团队考虑如何在提供绩效和提供服务标准上产生持续的改进，并测试此过程的准确程度。该模型通过考查九个关键的标准（五个授权标准以及四个结果标准）以达到目标，由下面的主题所确定的九个标准包括了企业和组织的方方面面：

授权因素	结果
领导	关键的绩效结果
政策和战略	顾客结果（满意度）
流程	人员结果（雇员满意度）
伙伴关系和资源	社会结果（对社会的影响）
员工（人力资源）管理	

执行团队使用这个模型进行自我评价，通过国际认可的评分系统产生一个基本分。但是，比这个基本分更有价值的是在应用该模型时会得到以下通常的认识：由此获取的洞察力是非常基本而又重要的，以至于不会把它从战略计划流程中忽略。通常是以一种极佳的"古典"方法来运营这个计划流程的，该方法的步骤是先考虑"现在我们在哪儿？"（即现在的事实），而后再想象模糊不清的未来愿景（即我们要去哪

里?)，依此决定行动的战略目标和优先权。许多行动的战略目标和优先权都会和信任危机有关，而信任危机是由流程的不确定性所导致的。为了制定出你自己的战略以实现期望的未来，就要对杰出模型进行描述，以使计划流程的战略思想更加丰富，我们可以在本书第 8 章中看到这些内容。对制定战略计划的详细指导将在第 11 章中讨论。

把未来放在第一位——愿景和现有事实的对比

我所发现的最有益的帮助是，在对现有事实进行类似的分析之前，要使用平衡记分卡模型的九个标准来构建管理团队的"未来蓝图"。为什么会是这样呢？答案在于，如果现在的事实是令人沮丧的，现在的结构是"给定的"，毫无疑问，这就是向前发展的障碍，但是却没有任何人想到可以从他们所处环境之外进行观察，如果有关资源或财务的环境都是令人"沮丧和毁灭"的，那么，人们就会发现要使未来蓝图成为"牛市"（bullish）（甚至旁观者可能认为是现实的）将是极其困难。在第 6 章，我描述了一个系统思考流程，以使采用此处提及的方法来制定战略计划更为便捷。

处在这种环境中的组织，若是带着竞争性的意识拿自己和"级别最高"的组织或者是世界绩效水平的公司相比较，那可能是不明智的，也是不切实际的。如果不很好地处理，这样对比的结果可能会是二者不相关，甚至得出的结论可能会比当前经济环境的现实更令人沮丧。但是，从大量的实践看来，从最好的组织那里学习并没有错，这有可靠的数据和信息佐证。例如，在关键流程的鉴别和改进的环境中，管理能力得到了很好的体现，其中的多数能力都是很普通的，正如优秀的人力资源管理那样。认识到没有什么现存的机制可用来描绘顾客或雇员的满意水平，如果所采取的行动能够改进现有的环境状况并在未来能改进基准，那就要求把这一机制看做是一个需要改进的领域——还可能是一种优先权。

使用平衡记分卡方法来对未来进行详细的分析，这样的练习会产生下述结果：去对不可能之事，或者固执的性格，或者是当前的经营环境有一个新的看法。有代表性的是，在"差距分析" (gap analysis) 中会出现 100~500 个要改进的区域（areas for improvement，AFIs）。更令人惊奇的是，在对传统组织的现有形势、命令、任务、功能或结构进行分析时，可能不会考虑大多数要改进的区域。通过这一流程，关键的结果领域和战略目标的范围和定义就能够得到不可估量的改进。那么，在与战略计划相关的下一年度的运作计划或商业计划中，最困难的工作就变成决定哪一个要改进的区域应该给予最高的优先权——尤其是在严格的财务约束背景下，这正如我曾经工作过的许多发展中国家一样。

因而，我自己更喜欢继续思考"愿景事物"，或尽可能清晰的方向感，这两者都是很重要的。但是，我更要强调以下事实，给定运作环境反复无常，一个人需要一个好的系统思考来帮助构建愿景并证明实现愿景的过程是正确的，实现愿景是要花费相当长的一段时间。

在所有的这些问题中领导问题是最基本的。它是构成平衡记分卡的一个重要支柱，我将在第 7 章和第 8 章中论述其构成方式，平衡记分卡如何能够成为任何一个领导者工具箱中最有价值的工具，也将在相同的章节论述。

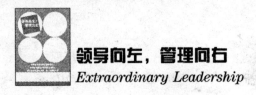

内容与环境——"计划"与"进化"

在进一步叙述之前，我们也许应该先考虑一下内容和环境的概念。这也就是说，一旦我们根据组织在所处的环境中生存或适应的情况，并对组织目前的境况有一个较好的把握时，我们能否作出"为跑道准备好马"（horses for courses）的推断，并得到结果——选择或指定看来是"在正确的时间、正确的地点所出现正确的领导者"。另一方面，发展了这样的观点后，我们能否这样考虑：这样的人（指领导者）无论如何都会在这种形势下出现。反过来，这个观点也提出了一个有趣的问题，即领导者是否真的能够作出应对变革的计划？或者，尽管我们做出了最大的努力去实现我们期望的未来，变革是否还会发生？

不管你是否赞成我们能够进行战略计划的观点，或者你是否真正相信变革会发生、发展，我都会认为，持有组织是一个"有机的系统"的观点，能够极大地提高你的分析和战略思考的质量。当然，并不只是领导者才会这样思考（或者是本能的，或者是通过学习获得这种智慧）。一旦你理解了任何一个组织中各部分间的相互依赖性是多么地复杂，你就能理解需要共享智力模型（shared mental models）来鼓励组织实现未来的共同愿景。一旦理解了这种复杂性，那么，不仅有关再造的"二重的"思维或线性思维会逐渐消失，而且墨菲定律（Murphy's Law）所阐述的不可分离的原则也会得到认同，该定律是关于自然法则的至理名言。

修正的墨菲定律

墨菲定律告诉我们：

- 没有什么事像看起来那么容易。

- 任何事情都会比你想象的要花费更多的时间（但是紧迫感和方向感是重要的——而且现在比以往任何时候都更加重要）。

- 若有什么事情可能会变得糟糕的话，那么，这种糟糕的事情就会发生（尤其是在由于缺乏对 SLEPT 因素的应有考虑而导致方针和战略不可行时，或者是由于人们不理解它或发觉它具有威胁性而决定停止实施它时）。

当然，我们还是有办法预测墨菲定律的。这些方法包括：正确地注意有关政策计划、监督以及评价的执行情况，还要鼓励各个层级的管理者要以预测问题或解决问题为导向。领导者必须不仅仅"销售"他们自己的解决方案，如果他们确实不是技术统治论者（technocrats），那么，他们可能不得不承认没有任何解决方案；他们还必须使他人热中于用自己的创造性方式来解决问题，这就意味着管理者和员工都应把问题看做是他们自己的问题，并给出解决方案。

因果联系通常就是阿里思戴尔·玛特所定义的"三重"，即三维，用事后观点来看，这一关系通常会对系统其他部分产生影响。它们的因果联系很少是简单"二重的"或纯粹线性的。这样，我们能够从中学到的知识就是，绝不要陷入这样一种危险的、虚妄的自满之中，有逻辑性的、严格的计划会产生自满。自满的具体表现就是，认为自己可以控制一个实际上永远也不能控制的变量。使用线性的或二重的思维方式总会有这样的危险，即只关注表面上的困难，而不能关注潜在的原因。另一方面，如果经常对整个系统进行思考，或者使用像平衡记分卡这样的工具来使战略计划分析更为便利，并向监督与评价流程发送信息，那么，其结果将会成为"防火而不是救火"(fire prevention rather than fire fighting)的典范。

当更多的变量以及它们间的相互依赖关系按顺序地考虑后，风险分析和可能性计划就不再像买彩票一样虚无缥缈，这种计划流程的范例问题尤其适合于众所周知的、共有的问题，比如，互联网的兴起，以及制定传统的企业发展战略来进入潜在的全球市场。

圣吉(Senge)说过，系统思考在一定程度上是关于"区分细节复杂性和动态复杂性"的。他指出：

> 一些种类的复杂性在战略上比其他种类的复杂性更重要。细节复杂性是在有许多变量时出现的。而动态复杂性产生的原因则是，原因和结果在时间和空间的相关性不大，而且干涉一段时间后的结果还是很难以捉摸，且对系统参与者也不那么明显。在许多形势下，达到协同作用的关键在于理解动态复杂性，而不是细节复杂性。

在此有必要给出最后一个建议，德鲁克和明茨伯格都曾明智地指出，分析和计划都不是战略（尽管二者都是无法用价值来衡量）。明茨伯格说："因为分析不是综合，战略计划就不是战略构成。"

我们将在下一章探讨这一差异，并提供一些工具来帮助把以上四条定律融合成一个连贯的流程，所有的领导者应对此流程负责，而卓越的领导者能够取得辉煌的成就。

领导向左，管理向右

管理的工作不是监督而是领导……西方管理模式需要把管理者转变成领导者。

爱德华·戴明
(W Edwards Deming)

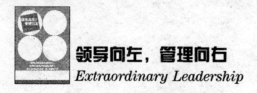
效果和效率

　　领导者必须进行管理，但是，某些领导者并不是有效的管理者，许多管理者也不是有效的领导者。事实上，效率和效果之间有着重要的区别，这一区别可以帮助我们辨析领导者特性和管理者特性的差异。领导更多地关注效果，涉及的是"做正确的事情"（知道如何区分它们的优先次序）。好的管理也要依靠这一技能，但是它更多地涉及效率。为了提高效率，管理者必须经常决定把事情做正确的最佳方法；但是，只有在更高的层级上，他们才会决定应该把哪个正确的事情放在首位，尤其是在时间似乎还不确定，而且持久的竞争压力要求作出勇敢的（也许是本能的）决定时更是如此。领导者不需要知道所有的答案，但是，他们的确需要询问正确的问题来帮助他们作出战略选择。

　　这方面的一个很好的例子是，一个总裁，他不一定是技术统治论者，他认识到提出组织内有关电子商务的问题具有不容置疑的重要性，在今天日益被信息和通讯技术（ICT）所统治的市场中，应用电子商务可以为组织带来持续的市场竞争力。我将在本章稍后部分讲论电子商务战略（e-strategy）所带来的一些挑战。

价值观和愿景

在最高的层级上，某些人——或者更通常地说就是由关键个人所组成的一些团体——必须定义和明确表达组织或公司信奉的价值观（这一价值观将规范组织的行为、责任和义务）。要指导适合于这些价值观的行为，这些领导者就得持有并传达远期愿景，该愿景应当是为组织设计的，且和组织的价值观相符，因而要广泛而清晰地传达它，以确保关键的股东分享并支持它。最后，他们必须使变革更为便利，在从现实到未来的过程中，变革经常是必需的。简而言之，他们必须管理把愿景变为行动的过程。这就是领导的角色。

影响与学习

当然，也就产生了下述问题：在管理上，我在本书第 1 章讨论复杂动态性时，提出管理绩效和不确定性，好的领导者是否一直都是"普通的"，或者他们在本质上是否是"卓越的"。我已经谈到过，我还没有看到哪个所谓的"自我管理团队"可以做任何事情，而不是在适宜的范围内做事（除非有人把他们拽出来并激励他们去做伟大的事情），也许这就是我们能够接受自我管理团队是用来挑选并组织普通管理工作的观念，而不会轻易认为团队是"自我领导"的。这似乎在说法上相互矛盾，但是如果我们承认，好的领导者通过多数人同意的方式来保证自己的权威和合法性，这实际上并不矛盾。做这些时所采用的方式必须与领导者的能力相结合，以此利用他们的影响来促进个人和组织的学习。

卓越领导的影响力

我将在第 13 章中详细论述如何培养领导技能的问题。现在让我们再回到在讨论领导本质时曾经提到过的一些技能。迄今为止，我们在本书中已经从多个角度确定了技能的范围 [正如霍华德·戈德勒（Howard Gardener）和阿里思戴尔·玛特所描述的，这些能力实际上来源于"多样化的才智学习和应用知识的能力"] 应该包括以下 12 点：

1. 同时保持管理绩效和不确定性间的动态紧张关系的能力。实际上，经常还有许多其他的动态关系和进退两难的局面需要管理，我们稍后会讨论它们。

2. 在动荡和危险时期，减少他人对环境变化的不安和风险规避意识，并持续地给以信心的能力。这个能力包括，保持另一种形式的创造性压力的能力——在未来的愿景和当前的现实之间被看做是（至少被领导者是这样认为的）不需要的、无法持续的能力。

3. 协同团队力量的能力，以便使其作为一个整体比各部分总和产生更大的能量。

4. 增进各个流程和创造力间的相互关系，并能够鉴别出并不明显的（比如在运作环境中）相互联系的能力。

5. 在系统思考的过程中，以及在绩效改进和变革创新的长期可持续期间，都能够识别（并帮助他人识别）"宏伟蓝图"的能力。

6. 在道德环境中鼓励发展技能及其应用的能力。

7. 由于综合了经验和专家的意见而形成的有感染力的、自信的能力。

8. 使他人热中于用自己创造性的方式解决问题，以此获得收益。这意味着管理者和员工都应把问题看做是他们自己的问题，并给出解决方案。

9. 明显的持续学习的能力——通常通过计算风险和角色模拟而把问题看做是他们自己的问题，并给出解决方案。

10. 管理"注意力、意图、信任、自我"的能力（贝尼斯）。

11. 对"存在的方式"（a way of being）以及"做事的方式"（ways of doing）进行角色模拟的能力。

12. 在口头上和书面上都能有效交流和劝说的能力。这可能包括询问（正如彼得·圣吉所提出的）："这个愿景值得你去承担义务吗？"

技术上的乐天派和悲观主义者

我要增加另一个可行的技能，那就是精神状态。以信息和通讯技术的乐天派为例，莫达尔提出把人们自然地分为两类，即基本上是对此持乐观态度的人和对此持悲观态度的人。不考虑年龄和社会背景，前者似乎认识到信息和通讯技术的潜力，并认为它对社会和个人的生活有积极的推动力和影响。他们很快学会计算机操作并拥有个人计算机，迅速地习惯于用它工作和娱乐。他们利用互联网进行查询和研究，甚至能利用网络购买商品和服务（比如书籍和旅游车票）。他们会告诉你，如果没有电子邮件，他们简直不知道怎么进行管理。我的 84 岁的老母亲就是一个典型的例子。反之，持悲观态度的人认为，在信息和通讯技术中不会有什么有利于他们的东西。他们可能给他们的孩子买个人计算机，或者被别人说服而买了一台计算机，但是，他们也许从来都不会熟练地操作它，当然就更不要指望靠互联网来进行沟通了。

你可能会感觉到这些持悲观态度的人有点不幸，他们失去了在家中轻轻一按鼠标就可以很容易地获取知识的机会。对整个社会来说，如果许多人不使用这种先进的方式，其实并没有什么，他们迟早是会赶上社会发展的速度。但对于 21 世纪的公司或公共机构的管理者，尤其是对这些组织的领导者来说，这可就是截然不同的问题了。如果他们是计算机盲，或者对信息和通讯技术的潜力以及它们与组织系统所有方面的结合关系一点也不热心，那么，凭借他们的效果和效率并采取任何可能的方式"赶上社会发展的速度"都是很困难的。讨论了这么多，我就是想提出乐观态度是必需的领导技能。

技能描述了有效的行为或行动，该行为或行动得到了必需的理论知识的支持并有机地将之付诸实践。通过将知识付诸实践，一个领导者就可以发展一定的技巧。进而，在复杂的培训过程中，比如在滑雪（或者领导）过程中，显而易见的技能肯定需要掌握大量相关的，也许是相互依赖的技能。用职业教育和职业资格的行话来说，大的"技能单位"（units of competence）是由大量的"技能元素"（elements of competence or competencies）所构成。简单地读一本有关滑雪的书并把它记入脑海，这不能敦促你发挥学习的效用，也不能表现出你的滑雪能力。获得效果的程度最能评价任何形式的技能，尤其是领导技能。一个人要成为有效的领导者，他应该能够证明并应用绝大多数（如果不是全部的话）的上述技能，以达到可接受的水平。

与追随者的契约——对政治进行类比

明智地使用"可接受性"这个单词，我是经过一番考虑的。因为，毕竟还是追随者的可接受性最终决定一个领导者在其所处环境中是否被认为足够有效，正如政治领导者将会认识到的那样（也许他们认识得太迟，并经常是事后认识）。当职位权力和权威不能触动心灵和思想时，领导者施加的影响就很容易消逝。而一旦这种情况发生，那么，即使在过去曾经有过卓越成绩的记录，也不足以支持领导者度过信心危机。玛格丽特·撒切尔（Margaret Thatcher）任职英国首相的最后几个月的情况就是荣誉扫地的很好例子。她认为自己注定要有一个苦涩的结局，这使她自己不能再倾听别人的意见（也许还能足够快地学习），因而她在公众和议会同僚的心中再也不是一个有效的领导者。

如果我们回顾一下上文列出的技能，并考虑玛格丽特·撒切尔是如何符合上述标准的，我们就会很容易地发现，在多数情况下，尤其是在她的任职期间，她都可以得到极高的评分。在多数时间里，她都能使绝大多数人高兴。进而，如果能在这种衡量卓越领导技能的列表中得到极高的评分，我们就可以得出结论，她确实是卓越的领导者。事实上，众多的不同政治派别的人，也不论他们是否喜欢她的领导模式，他们都不得不承认，她不容置疑地是一个卓越的领导者。这个评价并非是因为她的性别，而是（如果没有别的什么原因的话）基于她的独一无二的民众授予的最高权力。也许这一特例（与普通相对）证明了上述评分规则。这个已经证明的、或者说被接受的卓越的例子应该可以说明，领导需要领导特征是正确且广泛的，这在上文已经提出来了。

考虑到施加影响并非某种形式的催眠术（hypnotism），这也是一个有趣的话题。"追随者"，如果我们可以这么称呼的话，确实不得不准备好被领导者影响。在领导者和被领导者关系的动态发展过程中，只要在他们的共同目标中加入一致认同的价值观，就会有某种形式的契约存在。

宗旨（Purpose）

此小节讨论宗旨的最重要的问题。用项目循环管理（PCM）的说法，单词"宗旨"通常有着较深层次的内涵 [例如，在目标层次上要比"目标（objective）"高]，但它通常更偏重于事实导向，更可能涉及的是中短期计划，而不是一个包罗万象的长期愿景。通常说来，宗旨缺少了哲学的味道：较少地涉及影响或结果，而更多地涉及把产出和目标综合成一个有关联的、可以计量的结果。实现目标的宗旨，通常将会是追求未来期望的愿景，也为实现愿景而贡献力量。当个人使用这个单词时，我认为该词一般就有了更多的哲学意味，更多地涉及人们对价值观的需求，以及他们和组织的原则、目标间的联系。

通常，组织或公司的雇员，或者特定的一个小团队的成员，可能有许多目标，如果他们的行动中有一个正确的计划框架，那么，这些目标都是为共同的宗旨服务。进而，如果行动有目的性，这一"共同性"将意味着共同知道、理解和接受。毋庸置疑，如果必须做这些工作的人被给予致力于构造或发展愿景的机会越多，那么，在他们为了实现愿景而进行工作流程的改进过程中，他们就越有可能感觉到"被授权"而进行创新和革新。另外，在进行流程改进的过程中，他们也就会被看做更有责任感，而不是顺从和默默无闻。

在过去的大约十年里，考虑如何与消费者建立合理的关系终于被提升至它应有的、极为重要的位置。如果你日常的宗旨是制造和销售不能给消费者留下印象的产品，那么，持有"要做就做最好"的愿景是毫无益处的。如果你的"联合政府"的政策在选民看来并不能组成一个符合要求的好政府，或者，公共服务机构的领导者的个人生活方式和处事原则也表明这一点，那么，发布空洞的政策声明和政策推进战略，说要带给公众提供更好的服务也是毫无用处的。负责公共服务的官僚机构容易产生错觉，即服务机构的存在是为他们自己服务的，而忘记了他们真正的角色是向为他们支付薪水的公众提供服务。

让我们继续偏离话题一会儿，来探寻在公众服务机构中导致管理和领导的区别是什么，此处的服务机构既涉及国内，也涉及国外。

领导和管理公共服务机构

我认为，选举出来的政客更容易被认为是领导者，除非他们没能实现对选民许下的诺言，或者他们在公众生活中的个人行为和道德情操没能达到人们所期望的标准，以至于和领导的特性不相称，这就不能被认为是领导者。但是，除非他们没能完成他们所负责的某些具体的数量型的工作，他们很少被看做是管理者（即使偶尔被看做过）。最近英国政府的彼得·曼德尔逊（Peter Mandelson）名誉扫地的事实（或耻辱）就毫无疑问地证明了以下两点：一方面，他在个人财产的处理上被人质疑；另一方面，是他直接负责伦敦千年穹顶工程项目(London's Millennium Dome project) 的管理（或者不善管理）。

我得提醒一下，高级市政官员总的来说都会被看做是管理者而不是领导者，至少公众是这样认为的，然而，具有讽刺意味的是，他们可能很少被公众这样认为。正是默默无闻地贡献于世界的公众服务文化，很可能会使他们丧失任何能公开证明领导能力的机会。若是以这样的标准为分析基础，绝大多数高层公务员所肩负的巨大责任和义务都将理所当然地使他们称职。进而，他们自己的下属当然会把他们看做是该服务领域的领导者，并能够对政府完成政策目标和作出承诺的过程施加巨大影响。由此得出的结论是，在非同寻常的时期，假若领导者在管理和领导时经常没有给定所需要的变革规模，那么，高层职位中最好的政治领导者，如玛格丽特·撒切尔，他们的领导几乎可以肯定是卓越的。执政党（在玛格丽特·撒切尔时代是保守党）为了能够向公众递送承诺，它曾声称要彻底改变英国的公共服务。尽管政客通常能获得改革所带来的荣誉，具体实施改革的创新性的工作经常还是落到公共服务的领导者身上，而不论他们是否愿意进行所需的变革，这是从他们个人角度而言的。

在投入时间和金钱来发展实施变革的方法时，没有哪个股票持有者或股票经纪人会借助公共服务机构的帮助。在公共服务领域，"时间就是金钱"这句话从来就没有成为显而易见的事。结果发生的是，在公共机构中领导和变革的艺术发展到了令人惊讶的地步，在某些方面甚至领先于潮流，以至于私人机构也承认其领先地位。稍后，我将论述某些已经应用过的模型，我认为各个领域的领导者为获得卓越的结果也要运用这些模型。

领导和电子商务战略

为了改进服务质量，以便更紧密地和顾客接触，公共服务在利用信息和通讯技术时面临着巨大的挑战。但是，在这个关键的时刻，他们很难像商业公司那样面对电子商务市场所带来的威胁、机遇或挑战。

我并不是技术统治论者。也许这就是为什么我能在多数情况下洞察到，某些（我知道实际上有许多）公司或企业在制定电子战略的过程中所面临的危机，我认为它们实际上都是领导的危机，也可能是资源的危机，但是，后者（资源的危机）在许多方面都是前者（领导的危机）所导致的结果。关于这一问题，莫达尔提出了对领导的要求：

> 成功建立了互联网业务的传统公司运用过以下三个基本模式：把现有的业务大规模地变为电子业务；风险权衡方法，即通过一个单独的单位来寻求外部资金的支持；不干涉的风险投资法。但是在最后，所有这些方法都需要首席执行官直接的、积极的支持。没有这一支持，任何互联网战略都不会成功。

紧接这个主题，她又说道：

> 在互联网经济和动态贸易的环境下，获胜者能把他们的组织、资金和领导密切地结合在一起。针对渠道冲突而偏离目标的情况，他们或者不予理睬，或者进行管理，他们会对运作互联网提供足够的资金，以产生收入增长的推动力，而且，他们将会发现，虽然在短期内可能有亏损的风险，但是，耐心的投资者所提供的资金还是充裕的。获胜者会指定或者雇佣最佳的人员来做电子商务，并给予他们足够的权力去挑战旧的运营方式，以便他们可以迅速地工作。最后，公司就可以赢得争夺互联网客户的战争，以达到它们真正要达到的水准。

人们可能会忍不住地发问，那差异究竟在哪儿呢？如果你把上述引文中的"电子"单词（e-word）去掉的话，这不是又描述、重复了几十年来管理大师们曾经教过我们的东西（这些东西在解决这些事情上是最优的）吗？难道它没有隐含着如下的含义：在谈论"最优方法"时（在电子商务和传统商务中都一样)，太阳底下并没有什么新的东西。这是因为二者都需要尽职尽责的人，而且其中的相似之处在于，愿景和推动力（也许包括在全球电子贸易市场上更紧迫的感觉）都来自于领导。

比尔·盖茨引用了迈克尔·戴尔（Michael Dell）的话，他把现代商务的特征描绘为：

> 面对面、耳朵对耳朵和键盘对键盘的不同交流方式都有各自的用武之地。互联网不会取代人的位置，它只会使人们的工作更有效率。通过网络来进行日常的交易，并能让顾客为自己做一些事情，我们就可以给予我们的销售人员自由，以便让他们为顾客做一些更有意义的事情。

必须进行的变革的规模、推动力和速度确实是巨大的。所以，那些能够理解变革非同寻常的含意和机会，并清晰地阐述战略的领导者才会在面对挑战时取得成功，战略的阐述不需要先进的技术知识，而仅仅是为了组织系统的整体发展而意识到潜在的需求。

试图发展网上交易的公司从不应该忘记，他们认为通过传统的运作模式创建的高质量的客户服务可能不再合适。销售人员和顾客的行为都会发生变化。简单、方便是最重要的。迈克尔·戴尔总结到：

> 我们必须建立互联网系统，它十分方便，较之于电话而言，互联网系统能使顾客节省更多的时间，这是使他们从面对面、耳朵对耳朵的交流方式中解脱出来的唯一的方式。这可是个很难克服的困难。

变革的速度

在关键驱动力以及依赖有效的人员和良好关系方面，假若电子战略的形成和传统的战略在本质上没什么区别，那么在它们之间，除了上文迈克尔·戴尔所强调的对便利的需求外，到底还有什么区别（如果有的话）？从本质上说，成功的电子商务必须有一点有别于其他的电子商务：速度。发展的速度以及变革的速度要求有更清晰的愿景和方向感，而这些愿景和方向感是由领导制定或倡导的。通常而言，这就意味着互联网战略指引着企业的发展方向，这就依赖于对选择权和可能性进行清晰的分析，作出决策并执行计划。我们现在越来越需要考虑明年夏天的中期计划了。

现在，战争的数字化使武器使用者的视野扩大，无论战争发生时是黑暗还是下雾都是这样（如果没有最新的技术，那么，即使是在现在也做不到这一点）。正是技术进步的结果，使得五角大楼地下掩体里的指挥官能够实时观察到，他们的飞机发射出的高技术激光制导武器以外科手术般的精确击中巴格达建筑物上的指定窗户。商业公司其实也早就有过这种经历，能够把你的家庭宴会或婚礼实时录像，并转播给远在世界另一个角落的朋友或亲人。国际新闻媒体这样做已经有一段时间了。利用这种快捷的方式，现在的领导者已经几乎没有时间采用"长期思考"的方式。荷兰的护照办公室通过提供网上服务，已经把发送护照的时间从几天削减为几个小时。用不着国际旅行就能召开横跨大陆的卫星电视会。由世界银行资助的全球范围内的远距离学习中心现在也可以给那些最贫穷的发展中国家提供关于远距离学习方面的技术支持。

在加速生产流程和服务递送流程中，供应商或者资源合作伙伴正在变得越发重要。实际上，我建议，为了我们的目标，我们应当把这种伙伴关系看做是"团队"关系。表面看来，在电子商务或网络服务方面领先的组织通常不是生产商，他们甚至连库存都没有。他们只是在商业投资中走在了前面，只是协调各个流程的关系，以便更为容易地扮演最新领导者的角色。每一台戴尔电脑都是根据顾客的需求而定制的。因而，他们的递送系统必须依赖于所有的相关系统保持一致，即"及时"（just-in-time）递送，无论是元件还是成品的递送都一样。整个系统必须完全一致。领导的一个重要职责就是维护团队成员和满足团队个人需要之间的平衡，并通过团队的努力去完成任务。

看来，管理培训界的第一个权威人物，也是第一个坐在英国大学领导研究教席上的约翰·阿代尔（John Adair），得出的以行动为中心的领导模型的概念确实是正确的。阿代尔的模型着重强调任务、团队整体维护以及个人需求三者之间的相互依赖性。下一章我们将进一步探讨这个问题。

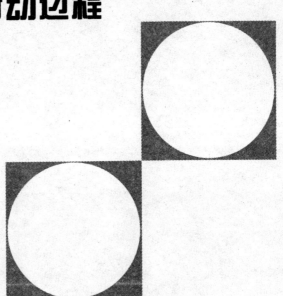

B

行动过程

4 行动型领导

谁需要了解该发展什么、理解什么、承诺什么以及执行什么战略?

罗纳德·海菲兹
(Ronald Heifetz)

走进控制塔

　　海菲兹和劳伦斯 (Laurie) 指出，领导不仅应该积极行动而且应该善于思考。他们建议，领导者应在参与行动以及在旁边观察之间进行转换，并且凭直觉知道应该在什么时候参与到行动中去。这两位作者希望商界领袖们 "站在阳台上"，以便纵览全局，看清楚自己所面临的不断变化的挑战。这些挑战需要创新的方法才能应对，而一般的商业理念是想不出这些方法的。一旦确认了这些挑战，人们将会在受到激励以后勇于面对它们，并找出解决办法。

　　想象一下一个站在繁忙的机场中央的人，或是一个从控制塔向外观察的人，你立刻就会明白这两个人所看到景象的不同。我喜欢这个比喻，因为它借助暗喻的形式把旅行计划扩展到现实中来，这个过程就形象化了。海菲兹和劳伦斯把体育作为一个例子，表明有很多最伟大的体育明星，即使在比赛最激烈的时候，他们也具备能力观察到场上的形势。也许使他们在自己的领域表现极为突出的部分原因正是这种能力。

更多的比喻

我们用另外一个比喻——舞蹈——来分析这个问题。当一个人在舞池中跳舞的时候，他不可能清楚地观察到舞厅中其他人的情况。跳舞时的运动和噪音干扰了他的观察。实际上，当一个人在跳舞的时候，他的注意力通常被音乐吸引住了。在这种情况下，跳舞的人必须注意自己的舞伴。为了不踩到别人的脚，他还必须清楚自己和其他人跳舞时的相对位置。如果要观察舞厅中更多的情况，比如谁和谁在哪儿跳什么舞、谁坐在场外等着跳哪一支舞曲，等等，那么，我们就必须退出场外，站在阳台上，也许那儿能提供一个清静的地方让我们认真地观察。

要对航空运输进行有效的管理，那么，非常明显的是只有一个地方——在控制塔上管理是最合适的，这里提供了所有便于全局观测和决策制定的工具，不过没有人会把这里称为清静的地方。事实上，这里的工作压力非常大！正如我们在最后一章所看到的，电子商务的复杂性和极快的节奏使得领导者只能用更少的时间进行思考，无论他是在上文所比喻的控制塔、阳台，还是在橄榄球边线上或是在其他任何地方。

进入控制塔或站在阳台上，都能为领导者提供一个空间，以便看清楚他在其他地方都不能辨认的形势，这样他就可以避免被扫地出门。当领导者要解决一些老问题，或是试图减轻组织中其他人适应创造性工作的压力时，这一点尤为正确。然而，控制塔或阳台并不是回避问题的避难所。相反，它应是一个对问题进行诊断并策划行动的地方。也许最伟大的领导者确实有在跳舞的同时观察别人舞姿的能力，就好像最伟大的运动员在比赛的时候还能观察到整个赛场的情况一样，或是像伟大的将军们具有穿过"战争硝烟"（fog of war）的洞察力。具备这种能力的人能赢得伟大的、不同寻常的胜利，但是这种人很少见，也许这种能力是上帝赐予的"礼物"（gift），或是天生的；也许它不能通过教育而获得。但是，在那些成长为卓越领导者的人身上，确实存在着喜欢学习的偏好。也许这种终身的学习和针对新的、复杂的挑战而不断进行革新的毅力才是上帝所赐予的"礼物"。对于那些拥有上帝赐予"礼物"的人来说，他们对组织所能作出的最好贡献，就是鼓励那些身上也有这些"礼物"的员工努力工作。

审视组织系统

在第 1 章中，我提到阿里思戴尔的书《领导的智慧》以及他的"青蛙和自行车"的比喻。也许对于那些能很自然地接受"系统思考"的人来说（我觉得这些人主要是女人，较少是男人），任何复杂系统与其说像一个机械装置（自行车），倒不如说像一个有生命的有机体（青蛙），这应该是很明显的，或者说是一种常识。遗憾的是，这种认识对很多人来说远不是一种常识，以至于引起许多灾难性的、几乎致命的"再造"（reengineering）的想法。

整个系统不仅应该是二维的组织结构（如组织结构图那样），还应是复杂的多维结构，其中包括价值、政策、战略、实践、流程、资源和关系。人们不能指望通过站在阳台上或进入控制塔中，就能立刻看清整个系统及其系统各个部分间的动态关系。但是，这样做确实有帮助——从有利的位置看去，整个系统的情况随着时间的推移会变得越来越清晰。如果把系统看做是一个纯粹的机械装置，我们就可以把观察看成是揭示轮子哪个部位发出响声的过程；如果我们把整个系统看做是有生命的有机体的话，那么，我们希望了解为什么会发出响声，也许还想了解这对整个系统的正常运转会有什么影响。一般的人都很可能非常清楚轮子哪个地方响及为什么响，但是，除非他们被专门问起，或他们意识到人们希望并欢迎他们提供这些信息，否则，这些普通人会认为没有义务提供这些信息。

学习型组织

人们知道集体智慧这个概念已经有很长时间了。当我们上小学时，课文中就介绍过蜜蜂、黄蜂和蚂蚁是一个"社会组织"，因而就知道了这个概念。蜜蜂、黄蜂和蚂蚁组成一个相互"学习"的系统，这使得整个系统比分散的各个部门的总和更有效。这种通过学习使每个角色各司其职的方式与进化理论有着有趣的联系。彼得·圣吉和其他人强调了建立"学习型组织"的重要性。通过他们的努力，这个概念最近被广泛应用于组织的发展和管理的研究。他们认为，我们正处于世纪之交和新千年的起点，只有迅速学习的组织才能适应这个瞬息万变的时代。海菲兹和劳伦斯坚持认为：应对各种挑战的办法不是来自于管理层，而是来自于各级员工的集体智慧。也许现在还不容易得出结论，但我还是建议，集体智慧应该是集体组织"健康、合理制度"的产物，而不是由于组织内相互斗争所导致的根本变革或强行结合的结果，而且我也不大赞同海菲兹的看法。尽管应付各种挑战的办法并不来自于管理层，但是，通过公开的"健康、合理的制度"，鼓励各级员工自由地运用他们集体智慧的责任却在于管理层。

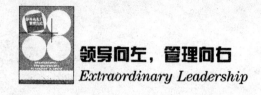
领导者——系统的一部分

尽管我建议，领导者有时应该离开系统以便对系统进行正确的观察，但这并不是说（我相信海菲兹也不会这么说），领导者应该与本系统分离，或者不把自己看做是系统的一部分。领导者和组织间所存在的创新压力是相同的，这是因为领导者的愿景（更准确地说，是领导者必须建立和维护的共同愿景）和当前的现实间也存在创新压力。圣吉认为，创新的压力是共同的原则，领导者实际上是对组织的学习负责。

在第 2 章中，我介绍 EFQM 杰出模型作为一个平衡记分卡的例子而进行分析。如果组织要保持竞争力和顾客至上的原则，就必须对整个系统中的所有要素进行鉴别分析，以挑选出最重要的因素以及服务递送目标，并把它们置于首要位置。EFQM 杰出模型是最重要的系统思考工具。它的作用就是有利于下面所描述的事情：不断改进组织的学习，在此中领导者发挥了根本性的作用，我将在第 8 章关于卓越的领导者的工具箱中详细介绍它。

绩效平衡和管理创新

为了改进组织的绩效，就必须在组织系统中考虑和寻找更好的方法。人们必须认识到，如此做的结果将会导致组织进行变革，并且运作环境将会变得动荡不安，毫无疑问，组织变革和动荡的环境会对系统的各个部分产生影响，领导者的基本任务之一就是平衡以下三者间的关系：工作的管理、变化的管理以及不确定性的管理，而其原因就在于以上的分析。通常，管理工作的重点是改进员工的技术和能力，这样做有很多优点，该方法通常比起有些人所认为的无需投资就可使流程得以再造，或只需与管理人员商谈就可再造流程的神奇方法更有效。真正明智的方法是把两者结合起来，通过提升员工的竞争力以及提高管理人员的素质而使整个生产过程得以优化。个人得到发展的机会自然应该让人振奋，事实也确实如此。如果要更好地理解组织的需要和战略目标，同时要使个人为此付出更多的努力，那么，最好的办法就是注重结果，让人们对自己所要取得的工作成绩负责。本文所提到的工作业绩，通常很难进行界定，但是结果总比初始行为更容易衡量。比如说，衡量培训会对改进生产流程或增强竞争力有多大的影响是很困难的，而且，如果我们处在战略的高度上关注某一个具体的 (specific)、可衡量的 (measurable)、被认同的 (agree)、现实的 (realistic) 以及有时限的 (time-bound) 目标（简称为 SMART）的话，那么，这些目标通常不能实现，而责任要由各级员工来承担。

结果导向管理

我们在前面已经提到系统思考，评价工具能非常简单地评价组织的所有层级是否达到共同的目标或结果，评价工具也具备整体的系统优势。如此说可能有些自相矛盾。对一些复杂变量进行总的评价通常会导致对评价工具的滥用，至少是曲解。这些复杂变量涵盖了所有的技能，并设法对"过程"和"结果"中的表现进行评价和排名，排名的结果甚至和员工的报酬有关。如果这样的话，评价系统将声名狼藉，

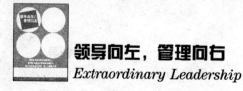

被人憎恶，并将影响它本来可以作为一个工具在系统中的应用。在第12章中我将进一步讨论评价工具的应用。在这里，我们只希望高级管理人员严谨地使用这个工具，客观地用它来观察和评价员工以及团体为达到预定目标所做的努力，对于所取得的成绩应给予奖励，而惩罚那些各方面条件都很好而结果却失败的人，以使员工通过培训和进一步的发展来实现他们的目标。

对于所有的流程来说，领导是很重要的。领导的作用包括找出少数重要的领域，把它置于优先考虑的位置，这些领域在任何时候对于改进企业的运作方式（或者这些运作流程可以由员工来承担并且和员工各自的目标紧密联系）都是很重要的，这种改进企业运作方式的管理（这解释了为什么通往未来的道路是不确定的）为员工提供了能最大程度地发挥其潜能的环境，以使他们的个人目标与公司目标保持一致，并实现这些目标。绩效管理的作用就是提供一个能让领导者培育整个系统的体系，这并不是关于制造火箭的科学，其使用的工具也不是技术工具，事实上，如果一定要说它们像什么的话，那么，它们倒像是在培育未来的园丁。

行动型领导

上个世纪60年代，约翰·阿代尔提出了最有生命力的领导模型之一——以行为为中心的领导。这个模型的形式比较简单，它包括三个相交的圆，即任务、团队整体维护以及个人需求。尽管有些人认为，在以任务为导向的今天，阿代尔所提出的相关理论在某些方面已经过时了，但事实上，这是一个简单的系统思考模型（这也许能解释它为什么一直被应用）。

阿代尔的理论在刚提出来时是为军事目的服务的，就那个时代的背景而言，它是正确的。人们必须知道的是，如果不同时对团队的凝聚力、士气和团队中每个成员的强弱都给予必要的关心，那就不能正确地认识该理论的成功之处。当阿代尔在桑德赫斯特皇家军事学院提出这些理论时，我正是他的学生。对我来说，这个理论言之有理、简洁优美，并能很好地经受住时间的考验。

毫无疑问，为了鉴别和选择优先任务并把紧急而又重要的任务交给别人，今天的领导者可选用的方式和方法在过去的30年中已经发生了巨大的变化。为了维持团队就要进行最好的实践活动，而对此问题的态度已经大为改观，这正如人们认识到的，人的天性就是认为自己的需要和权利非常重要而且合理。通常，由于人们认为，现在的领导者比过去的领导者对此问题更为敏感，因此，领导方式的变化必须快于实际环境的变化。我们所要做的就是创新阿代尔模型。当考虑我们所说的"团队"时，就应把"利益相关者"的范围扩大；我们在定义"任务"的范围时，也应该涵盖更广泛的结果领域，即考虑顾客满意度和持续的发展，这基本上就是许多平衡记分卡模型所要做的（这种模型最早是由卡普兰和诺顿提出的）。

和供应商建立伙伴关系并达到"双赢"的结果，通过及时的物流系统以达到产量和利润的最大化，这种理念流行了一段时间，它也与通常的看法相一致，即从财务的角度看，找出要素间的关系并使之市场化是有用的。网络公司和服务公司已经认识到，如果要满足因特网所创造的前所未有的需求的话，这些系统对于保证供给是必要的。管理人员使用计算机技术来应对电子商务所产生的巨大的交易数额，这样做是正确

的。不过，管理人员特别是领导者必须认识到，这种信息技术的资源
不能而且永远不能代替清晰的愿景，高素质的人力资源只有运用领导
艺术才能提供所需的资金并对组织进行安排。

领导向左/
管理向右

5 坚 持

千万不要混淆运动和行动。

厄尼斯特·海明威
(Ernest Hemingway)

经营方法

一旦领导者确信，需要创造性的工作才能解决组织的问题（通过正确的提问并注意系统间的联系），这其中的关键就是集中精力，从而从需要注意的问题中找出首要问题。有时候（事实上经常是这样），看起来属于次要的问题只会引起极少数人的注意，从这部分人的角度而言，这些问题其实是重要的，甚至是关键性的；即使是一个怎么考虑都不属于次要的问题，如——因特网、电子商务——可能也只会被组织中的一小部分人认为是重要的。

比尔·盖茨描述了促使微软重视因特网的想法并不是来自他本人或其他高级管理人员：

> 这种想法来自于一小部分敬业的员工，他们注意到因特网的发展，通过公司的电子系统，他们使所有员工集中起来共同解决所提出的问题。这件事充分体现了我们的政策，即公司中任何有才能的人都可以发展一个新的计划。

> 这种内部沟通并不总是如此顺利。他们可能会为了说服别人同意他

们的观点而彻夜不眠。他们的任务就是，即使经常受到有其他想法的大多数人的反对（而且经常是最高管理层），但是，仍然要坚持自己的想法。

在这里，领导的责任之一就是做出决定或是说服大家意见一致，在中期战略中，要分析重要的战略是什么，不重要的战略又是什么，因此，重要的是如何在短期战略以及商业计划中优先发展这些战略。有很多管理人员，当他们第一次试图运用试验性工具以更好地安排个人的时间时犯了一个危险的错误，他们错误地认为，把每天要做的事情列在一张表上（特别是那些紧急而又重要的事），他们就可以有效地安排自己的时间，从而更加有效地作出决定。

这样做是错误的！特别是在一个等级森严的组织，作出一个决定要一级又一级地往上报——这会导致这样一种情况：高级管理人员每天有如此之多的紧急而又重要的问题要解决，以至于他们没有时间来处理那些重要但不是特别紧急的问题，这些通常是一直拖着没有解决的大问题。如果这些问题没有得到更多的关注，那必将引发更大的问题，这就需要越来越多的危机管理和"紧急救援"（fire fighting）计划。我们正在讨论区分优先次序的能力。一些发展很快的成功小企业的总裁，经常由于太忙而没有时间处理那些本应及时处理的工作，以致这些工作变得和现有的客户或市场一样非常棘手。通常，他们没有时间"到控制塔上"，去看一看有没有新的激动人心的商业机会或合作伙伴。他们为了企业的发展而招聘一些人，却没有时间和他们交流。

对这个时代的一个比喻

我想起了一个精彩的故事。我的一个印度同事森亚·萨辛纳

(Sanyay Saxena) 给我讲述了这个有点像典型的亚洲故事或哲学寓言故事，他也是一个电子商务专家。这个故事的内容如下：一个印度教的导师用一个道具来描述管理的本质，以及用基本的方法找出需要优先考虑事情的必要性。他用一些大石头填满一个大水罐，直到再也填不进去为止。当旁边的人都认为水罐已经装满了时，导师又拿了些小石头放进水罐中，这些小石头填到大石头间的空隙中。接着，他又拿了些碎石，出乎旁人意料之外的是，那么多的碎石都填入了水罐中。然后，他又把一些沙子慢慢地撒进罐中，直到所有人都认为罐子这次真的满了，再也装不下任何东西了。最后，导师往罐中加水，直到水面快要溢出罐口。"你们认为这个实验的含义是什么呢？"导师问道。如果一个人知道该故事的主旨，那他就能很好地安排自己的时间，因为对此故事的一般看法是：在一天之中你总是能挤出时间来做更多的事。可是导师却说："不！这个故事的寓意是你应该先把大石头放进去。"

懂得这个寓意不仅对于每个管理人员来说都是很重要的，而且它对于整个战略以及运作计划过程都极为重要。这种能力可能是天生的，但也可以通过后天的学习而获得，有许多极好的模型可以帮助领导者以最优的方式解决问题。

非同寻常的领导工具箱

最好的模型是这样的（就像上面故事中说的那样）：它从整体上强调了与领导有关的"流程"以及对变化进行管理的重要性，并指出管理这些工作的方法。这些模型强调了如下事实：整体的系统思考（从全局考虑——如同在控制塔上那样）应该支持更多的线性项目循环管

理流程 (linear project cycle management processes) (以及工具)，这些流程和工具对于实施适应性行动计划是必要的。我所选择的主要模型是那些在实际应用和改革计划中既有远见卓识又有实际价值的模型，这些模型既能用于私人部门，又能用于公共部门。对于实践者而言（比如顾问），如果这些模型只不过是理想的花名册和备忘录的话，那么对于领导者来说，它们就是可以信赖的工具，它们为组织指引方向、提供程序，并为重要的改革措施提供必要的框架。

在工具箱中，我所选择的第一个模型就是用于领导重要变革的八步法模型 [由约翰·科特 (1999) 的模型改编而来]，我将在下一章介绍群策法——通过中期计划过程来指导管理团队的战略思维方式。分析和计划并不能代替战略和行动。但是，在电子商务时代，对整体进行仔细地思考特别重要，它比传统的决策过程要短，这是非常明显的。罗宾·泰 (Robin Tye)，这个在 Price Waterhouse Coopers 倡导电子商务的合作伙伴说过：

> 电子商务的周期大约是 3 个月，你所要做的不是回顾过去，而是要找出变化的驱动力，并观察这些驱动力的变化情况。你肯定要问许多"如果那样会怎么样"的问题。

我们将在第 6 章介绍群策法来帮助我们找到答案。

我们将在第 7 章介绍 EFQM 杰出模型作为"工具箱"的一个部分，这是第 2 章所介绍的平衡记分卡方法的一个例子，该例子清晰地表明了卓越的绩效、顾客满意度以及激励员工，这些都可能是共同关注持续地改进绩效的结果，其结果是通过五个可行的标准实现的，即领导、政策和战略、流程、人力资源管理以及资源（包括我们已经看到的与供应商、分销商的伙伴关系）。

领导向左，管理向右
Extraordinary Leadership

我们还要在第 10 章中介绍卓越领导工具的另外两个战略以及运作计划模型。要介绍的第一个模型本身极具战略意义。也就是说，模型可以帮助你"进入控制塔"，以便在更高的层次上俯瞰全局，这样你就可以认识到，领导变革过程以及运用战略思维制订所需计划的重要性，这些模型还有利于进行系统的思考并协调相互间的关系。后一个模型主要关于项目管理和团队领导，通过运作项目管理和团队领导而使员工承担一定的责任，以此取得成功，并对组织的整体目标和个人目标进行协调。

领导变革的一个模型

很少有一本书能像哈佛大学教授约翰·科特的巨著《领导变革》那样打动我。它使我快速而又清楚地回忆起我的个人经历。在文章开头，约翰就指出了公司变革计划失败的八大原因。我们已经碰到过这些问题！接下来，他对每一个问题用一章的内容进行分析。他强调，只有按顺序地解决问题（这是重要的一点），才能使改革持续下去，从而产生一种新的运营企业的方式或模式。他并没有低估企业所面临挑战的范围和困难，但是他仍然强调地指出，首要的事情是把基础工作做好。正如人们所熟知的，只有地面安全了，才能让空降兵带着最先进的武器、工具和技术降落。事实上，你必须先把大石头放进去！他接着继续使用军队的比喻：如果你在战争早期没有确保地面安全，那么你将会发现自己要面临众多的后卫战斗和游击战，因为会出现一些你开始时没有侦查到或低估到的抵抗因素。下面是科特模型的八个步骤过程。我只做了一些很小的改动。

领导变革的八个步骤

1. 建立危机意识

- 分析供求关系和运作环境。
- 找出威胁和机会。
- 设计流程——确定需要优先发展的项目和保护主要利益相关者的利益。

2. 创建指导联盟

- 把一群有足够权力和能力的关键人物团结起来进行领导变革。

3. 建立愿景和制定战略

- 建立愿景以有助于指导改革的方向。
- 制定政策和战略,并建立实现愿景的系统。

4. 交流变革愿景

- 使用任何可能的方式经常地和所有的利益相关者交流新的愿景和战略。
- 使领导者和高级管理人员像模型要求他们做的那样行动。

5. 更广泛的授权行为

- 消除障碍。
- 改变不利于实现愿景的系统或结构。
- 使用系统思考来改进流程。

- 鼓励冒险行为，以及新的思想、行为及行动。

6．迅速获胜

- 为可视的和可以衡量的进步做出计划。
- 促使这些计划获取胜利 (不仅是希望它们会发生)。
- 识别并找到奖励那些取得胜利的人的方法。

7．巩固成果并进行更多的变革

- 用更高的可信度,改革所有与愿景不适合的,或是相互之间不协调的系统、结构和政策。
- 雇用、提拔并培养能完成任务的人。
- 用新的计划、项目和任务使改革过程重现活力。

8．在文化中寻找新的方法

- 通过制定定额产量并实施以顾客为中心的行为来改进绩效。
- 清楚地说明新的行为和成功间的联系。
- 为了使领导持续地发展而寻求新的方法。

我将依次介绍科特的这八个步骤，并加入一些我自己的看法。这些经验是我在把这些过程应用到复杂的运作环境中所得到的。以前我没有意识到，但是，当我第一次看到这个模型时，我发现它反映了我的实际情况。

1．建立危机意识

首先必须指出的是：所有的改革项目都被定义为"项目"或是由许

多小项目组成。也就是说，它们受到时间和资源——尤其是预算的限制。如果没有预定资金的限制，你就不能无限期地运营一个项目。尽管在有些组织中，如果有些人在运作某些项目的预算时有既得利益，那么，这些项目就可以重复地、无限期地重复下去，但必须防止这种情形，因为危机感在这种情况下就会消失，但这在用词上是自相矛盾的。有趣的是，为了跟上变化的节奏就需要有极快的反应速度，人们在这种情况下普遍就会产生一种危机感，越来越多企业的运作更像由一系列的项目组成，而不是作为一种技能。

供给和现实需求间的问题是很重要的。如果对于更新的或更好的服务没有需求，那么，我们如何能期望有人会提供这种服务呢？在这里，"现实"这个单词很重要。市场变化非常快，而且和传统的关于供需变化机制的观念不一致。分析利益相关者的利益和他们的观念、相对影响力非常的重要。有时，人们会想出新的方法来进行这种分析，而传统的思维则成为这种变化的牺牲品。比如，最近三年来所倡导的电子商务和网络的销售使得消费群体不再习惯于传统的销售方式，这非常的明显。拿我84岁的母亲来说，我在前面已经说过，她绝对是一个技术"乐观主义者"。她对因特网非常热心，通过因特网了解世界市场，因而把她当作"老家庭妇女"或按照我所说的传统的方式划分她都是不合适的。这种分析和细分电子市场的"新"科学就是众所周知的"技术工艺学 (technographics)"，后面我们还将要讨论它。当然，它并不是精确的科学。

当贝尼斯写到领导者的"注意力管理"时，他说："他们对能吸引人们的行为特别重视，通过有号召力的愿景，他们能把别人吸引到从来没有到过的地方。"贝尼斯在这里所说的有号召力的愿景并不是指组织未来的共同愿景，而是更为清楚地描述了绝大多数人所期望达到的目标——科特所说的变革过程应该是被领导的，而不是简单地被管理。正是注意力管理才把人们带到新的领域并产生新的意识或范式。

科特似乎说的就是危机感先于愿景之前，也许危机感还有助于更好地定义愿景。但是，他所讨论的是组织领导者为了改革计划而制定愿景和目标。正是交流这些被贝尼斯称为"有号召力"的能力才有助于产生危机感。当然，如果存在危机感或存在"被迫"引起注意的巨大的全新的机会，那么，这对领导者实现任务当然会有全新的帮助。如果达谟克利斯（Damocles）之剑离头顶近在咫尺，那么，人们通常都会作出让步以求把宝剑拿走。被杀死的危险 [约翰斯博士（Dr Johnson）的名言] 使人集中思想，但是，我仍然觉得——正如他接着所说的——只有被绞死的危险是在清晨，而且咫尺之剑永远在头顶上，这样才会使人集中思想，因为我经常看到的事实是，人的危机意识随着宝剑的离去而消失，在这种情况下，必须用新的挑战来代替原来纯粹是求生的动力，以使改革过程重新获得活力。

2. 创建指导联盟

科特的术语在这里是很有趣的，他谈到"创建"指导联盟的必要性，以及把一系列关键的有影响力的人"组织起来"的必要性。对于那些具有杰出的理解力和说服技巧并推动改革进程的人来说，这意味着领导（在总裁看来）是一个可替代的重要角色，尽管这些人在整个项目中可能没有地位和权力。顾问通常可以起到指导的作用，并通常能给系统带来新鲜血液——领导者从不同的角度都可以发现，顾问能为他们的创造性思维提供新鲜而又令人兴奋的东西。

　　不管开始时员工是多么的自信，选择"指导联盟"在一定程度上会受到那些有明显地位和权力的利益相关者的影响。在相关政客绝对不同意把他们排除在外的情况下，就会发生这种情形。比如，在公共服务改革项目中，就需要相关的政客和很高级别的市政官员。权利和义务对项目的改革是有帮助的，这些政客和市政官员最终也必须拥有权力和义务。权力和权威在初始阶段是必要的，并且交流紧迫感也非常必要。如果总是能够理解政治私利是必要的话，那么，为了继续进行改革，就应该把所实施的消极行动培养和发展成积极的行动。也许，如果你总是记住"及时行乐 (carpe diem)" (即利用每天，每一刻) 这个规则的话，那么，对政治的需求（当然，"权力和荣耀"以及"权利和义务"是一样多）可能就会有固定的方式，并对此加以利用以产生好的结果。和大公司的变革项目一样，实用主义在公共部门也是同样重要。

　　就像创建指导联盟是很重要的一样，从我的经验来看，同样重要的是，成员在形成联盟后应积极参与行动。正如我们所看到的，基于实用主义的原因，引入"统治精英" (ruling elite) 是必要的，但这样做并不受到鼓励。人们对于这种"统治精英"模式所产生的积极的和消极的信息都很敏感。为了重大的变革而制定出政策和战略，由此所产生的传送信息的高水准工作不能交给改革人员和咨询人员，尽管他们可以对信息内容及时提出建议。政策建议者可以起草报告或进行演讲，而政客为了获得商界或城市社区的控制权而提供服务，因而必须热情地演讲这些报告，而公众对他们的话深信不疑。

　　高级市政官员接下来必须进行内部改革，以利于改进服务及兑现承诺，但是，公众关心的仅仅是这些改革和行为对外部的影响或产生的结果。如果整个改革过程是可信的且结果是可持续的，那么，人们就应该把它看做与政治承诺相一致。当政客在谈论"联合政府"时，他们应该记住，这些联系是最基本的。一旦人们理解了这些联系，那么，为了更好地鉴别和处理这些联系（也许是通过简单的服务，一站式购物或因特网）就应该采取更为实际的行动。面对品牌形象和顾客对"物有所值"的考虑，就实现对质量和服务的承诺而言，同样的模式在商业公司也是很有用的。如果"质量"和"极好"的行为取得了成果的话，那就应该改变人们对这个领域的公共部门和私人部门的看法。在任何一种情况下，组织和个人的价值观指引着运作方向和行动。指导联盟必须更为具体化并进行具体的例证分析。

3．发展愿景和制定战略

前面我说过，明确目标就像指南针一样比详细的道路地图更重要（当然这是从战略的高度而言）。详细的地图可以承受得起在细节方面出错的损失，事实上会经常出现这种情况。而明确的目标就不能存在任何问题，它承担不起由于发展方向出错以及制定共同目标的逻辑推理出错所引发的后果。我们在分析完这些后就应该认识到，事后聪明可能导致的结果是20–20（即正确和错误对等），而具有前瞻性的目光所导致的结果却不是这样。愿景在很大程度上就是超出我们的能力且超越我们控制范围的未来。愿景的作用在一开始并不能体现出来，随着时间的流逝，我们可能会对愿景加以修改，以使其具有现实意义。为了使愿景尽可能地可信且经得住考验，就应该使它建立在不可改变的价值观基础上并尽可能地使其保持不变，而不能受陈词滥调的束缚或不能像社会经济学所预测的那样。

发展愿景是一件棘手的事，因为要应付动态压力、两难困境和难题。于是，无论是指导联盟，还是最高领导或咨询人员，都不能指望愿景可以迅速解决以上这些问题。在我看来，要提出一个好的观点，必须经过许多头脑风暴分析。在这个问题上，我不想分散精力去无休止地争论什么是卓越的愿景。这里的关键问题是：指导联盟的责任是就愿景是否清晰、在中期获得成功的可信度或完成改革所需时间方面达成共识，这和必须先往瓶子里放大石头是同样的道理。目前，任何其他事情都不是重点，但是，运作环境的变化速度使得领导者必须不断思索：整个流程是否处在正确的运行轨道上，以及所选择的过程是否仍然是正确的。

可信度和可完成性对于战略的重要性以及它们对愿景与政策的重要性一样（即使不是更重要）。愿景和政策描述了将来会发生"什么"以及"在哪儿"发生，而战略则是研究"如何"发生的。指导联盟必须考虑高水准的战略并在控制风险的情况下决定"如何"去做。当管理人员进行短期运作计划时，他们的任务就是采用低水平的"方式"来开拓市场或克服市场障碍。例如，愿景可以如此陈述：一个组织热中于改革，希望通过提供最好质量的产品和服务以促进全社会经济福利的提高。在如此说之前，这个人要考虑如何去做以及在什么时间范围内做是可行的，这段时间必须足够长，但又不能太长，这样才能引起人们的注意并获得人们的认同。正如古老的英国谚语，"花言巧语是无用的(Fine words butter no parsnips)"会时刻提醒我们，花言巧语不可能代替行动，也不可能成为懒惰的借口，其首要的原因在于这些话太不切合实际了。

4．交流变革愿景

好的交流通常包括不止一种方式。如果演讲者使用较多的视觉作为辅助工具的话，演讲一般都表现得比较幽默，这样可以有利于学习；也许当把会议拓展到工作车间时，那么，学习的工具不止有一个。

领导者的职责（我觉得在这里应该包括整个领导层或管理团队）就是要进行创造性思考，以决定他们如何才能把信息尽可能地解释清楚，并使所有相关人员严肃地对待它。他们应该擅长于清楚而正确地传递未来规划和主要战略，以使所有员工相信这些愿景和规划将会实现。我们期望，员工们最好严肃以待，他们应该全身心地支持并热情地投入到为使改革得以发生的适应性的工作，他们的这种行为会受到认同、表扬和奖赏，这是毫无疑问的。在此过程中，关于信息管理或公共关系的专家建议是有用的。但是，说到底还是物质和意识而不是形式起作用。

老牌大公司形成了在所有方面都快速向前发展的风气，人们认为，为了改变一些事务和流程而向员工正式地授权要比传统的自上而下的变革更有效，因为员工们能看到如此做所带来的好处。在学习型组织中，领导的角色更像是一个提供远期规划、指导、顾问的服务人员，而不是传统意义上的领导。实际上，这可能对我们所说的正常的企业发展合适。人们可以说，这些企业的发展主要通过有竞争力的一般管理而不是卓越的领导。

尽管这个范式让人满意，然而，就我在许多不同文化的国家里当顾问超过20年的经验来说（在这些国家，要促使组织发展迅速，就必须进行根本性的文化变革），我同意约翰·科特的观点，我的结论是，领导者——尤其是卓越的领导者——至少要找到使改革过程得以进行的动力，如果他们自己不推动这些变革（尤其在早期阶段），他们就必须使人们确信，未来的宏伟蓝图要比现实的情形好得多；他们还必须向人们表明，领导的初始阶段就进行得非常顺利。他们必须准备好奖励政策，以激励那些不支持或不愿从事新工作的人。大致说来，领导者必须使员工清楚：一辆飞驰而来的大卡车正向我们开来，我们的行动空间受到了限制以至于无处可逃。我们只有两个选择：要么跳上卡车并享受坐车的感觉，要么被压扁。同样的是，他们既可以选择成为团队的一部分，也可以不加入团队。如果愿景和战略是以道德准则为基础，相互的利益也得到了交流，并且跳上车的人由于其忠诚、信任和支持而受到奖赏 (并不意味着物质上的奖励)，那么，我就对道德准则毫不怀疑。

我甚至还碰到这样一些情况，人们在某些极端情况下被迫得出结论：有时会采用结果来评价方式的正确与否。我们从历史知识知道，涉足政治是一种高风险的危险行为。然而，当危险并不能使人们产生危机意识，人们对威胁组织生死存亡的思想和行为麻木不仁时，那么，这种涉足政治的行为是必要的。比如，在军事情况比较紧急时就需要采取特别的行动，这被人们所接受。在这种情况下，人们都认为一般的或传统的方式无效，因此，"勇者获胜" (who dares wins) 的战略通常会获取成功。

这也是一个沟通的问题，两者的不同之处在于透明度，我对此持怀疑态度。军事上的特别行动总是变幻莫测的，这些行动必须出人意料且在战术上有优势。变幻莫测的行动必定是企业发展的一部分，公司的信息在企业发展过程中极为重要，并且行业间的间谍极为普遍。但是，任何对组织进行根本性的整体改造计划必须是透明的——即使这需要相当大的胆量和技巧。在前一种情况下，危险的准确程度以及严重程度不会公之于众，但是，如果人们了解到情况的紧急性以及有限的选择权，那么，后一种情况则必须公之于众。保持现状被视为是站不住脚的选择。我将在后面讲到，卓越的领导者由于承担责任以至于身心焦虑并处于不安中，因为组织中的每个人都并不像他们那样对结果充满信心。

这儿有一个有趣的插曲：有些国家的法律规定，在实施影响工人的重大计划前必须和工人进行磋商。Marks & Spencer——英国著名的服装和食品零售商——最近有了麻烦，当它要关闭海外的所有分支机构时被告上了法国法庭，因为在宣布这个决定前它并没有和雇员进行协商。

5．更广泛的授权行为

我在前面使用了一个军队的例子来说明，在带着新武器、工具和采用新方法跳伞之前，应首先保证地面是安全的。在思想麻痹而未能发现危险的情况下，就有必要首先确保"跳伞前先保证地面安全"(parachute in to secure the ground)，不过这是一种极端情况。通常，我认为大多数重大改革完全或部分失败的一个重要原因是，人们总是不愿意立刻执行改革计划。在人们对由现状所引起的形势和威胁有了正确的认识之前，他们总是对新观念、重组计划、部门的合理设置以及聘请外部专家争吵不休。这种情况是可以理解的。正如我们所知道的，计划总是受到预算和时间的限制，我们也已经认识到危机感的必要性。而且，由于公开计划会对股票价格有负面影响，因此，人们通常不会这样做，但员工有权利知道这些。

这是一个经典的两难困境：必须施加适当的创新压力并能处在领导者的控制之下。不仅要先把大石头放进去，而且这些石头不能一股脑儿地一块仍进去，另外，小石头也要小心地放进去。就像水彩画一样，这需要有避免"欲速则不达"（more haste, less speed）的技巧。

科特指出，必须扫除不利于实现愿景的障碍并对系统或结构进行变革。通常，这些障碍都是非常大的"石头"，并已牢牢地粘在锅上，不把锅打碎是很难搬走这些石头的。如果人们能想到买一口新锅来装新石头，那么，把锅打破就是唯一的办法了。一个不那么激进且违背传统的方法就是，把那些粘在锅上的石头打碎或重新安置它们，这需要花更长的时间但危害要小一些，而且对旁人的附带伤害（身体的或心理的）也要小一些。

顾问们经常采用力场分析来鉴别有用的力量和影响，以及识别在动态的变革环境下所存在的威胁和挑战。群策法把这些称为"通路和障碍"（bridges and barriers），我将在下一章来探讨鉴别它们的过程并解释利用它们的方式和方法。这个模型还提出了一种我觉得特别有用的方法，它适用于"忧郁和厄运"（gloom and doom）和目前的问题——适应性挑战——以及由于麻痹大意而造成的问题。在对"现实"进行本质分析前，这个方法包括对未来蓝图进行描绘。对未来蓝图进行描绘不仅鼓舞人心，而且使人们不再拘泥于现有的权力、结构或功能的框架。如果考虑到现实状况，那么，在考虑现实情况后，这些适应未来的现状就会受到置疑。

通过运用我们的杰出领导工具箱的另一个方法——平衡记分卡模型，来帮助我们鉴别改进流程的首要因素，并鼓励产生非传统思维来对所有层级的员工授权，以激励员工们对变革活动承担责任，这些都是我们在第7章中要考虑的问题。

6. 迅速获胜

对于每个负责变革项目的领导来说，找出潜在的"迅速获胜"的方式并使其他人获取胜利是不错的战略，我对此深信不疑。科特又一次强调指出，在这里，负责变革的领导者必须率先行动。你不能指望迅速获胜，你必须创造胜利，这意味着你必须为此作出计划。正如我们在后面将会看到的，当提出战略和运作计划时，使用平衡记分卡模型对形势进行严密的分析通常能对组织系统提出 150 个需要改进的领域。在中期（比如 3~5 年）计划中，改进所有的这些领域几乎是不可能的，也是不可置信的。在年度计划中要改进几个重要的方面也是不可能的。但是，试图确保改进一到两个领域能导致"迅速获胜"是理智的。对影响成本的潜在因素以及影响计划的潜在因素进行分析有利于制定出"迅速获胜"的流程，运作该流程必须使用合适的资源并进行监控，同时对其进展状况进行评价。

对于计划就谈这么多。尽管它们很重要，但要获取成功还必须依靠优秀人才在从开始到结束时的共同努力。无论是认同领导的作用还是个人参与领导都不会发生新的事情。人们必须想方设法来激励这些员工做事。一个好的行为管理系统将是有用的，它包括对行为评价系统以及应付危机的评价系统。但是，这个系统却不能对"迅速获胜"起作用。这些方法尽管是可持续变革成功的关键，但是，当一些方式不切合实际时，组织就不再采用它。人们必须寻找更迅速有效的方法来提高先前的绩效，该方法还有助于制订改革计划。组织中的主导文化之一或者领导者想要培养的新的文化氛围之一就是共同的认同感。对于物质的和非物质的奖励战略，我已经做了很多论述，因而不想在此详加评述。

我们将在第 11 章讨论绩效管理系统这个主题。有一件事是值得肯定的：组织更多地在知识经济中运营，就越不能忽视员工在将来对知识的依赖性。

7. 巩固成果并进行更多的变革

毫无疑问，当你考虑对领导和管理进行改革时，物理定律提供了很多有趣的东西。我总是发现，当你在进行力学分析时发现有用的或是受限制的力时，记住牛顿第三定律是有用的。如果考虑一下该定律的起源以及对分析力学的重大作用，那你就不会对此感到奇怪。

每一个行为都有相同的和相反的反应。用锤子或是斧子敲打一个坚硬的物体表面时，会有一个几乎同样大小的力反作用于你，也许还会令你受伤。把这个力作用于组织中目前还无法控制的地方，可能会引起剧烈的、通常是无用的反应。另一方面，如果人们减少注意力或转移一部分力量较小但有作用的反作用力，如果仅仅进行一点点的领导和计划管理都会对方程有积极的影响，那么，就可以减少惯性和摩擦力，就可以沿着我们的方向走得更远。

"迅速获胜"的成功业绩使得可信度增加，这同样也能减少惯性和反作用力，并且增加改革的正作用力。这可能是因为人们受到明显进步的鼓励而更乐意"努力工作"，以此贡献自己的力量。如果有足够多的人决定这样做，那么，再牢固的系统结构和条例都好像建立在沙滩上一样，这些相对容易遭到破坏的同样的团队力量能被新的系统、项目、主题甚至新的方向所代替。

在这个过程中，必须考虑雇用、提拔和培养那些能使这一切发生的

人。他们也需要证明自己卓越的领导能力。他们可能要冒风险、凭胆量去获取胜利，同时，他们也知道自己这样做是受到鼓励的（在合理的范围内）。

8. 在文化中寻找新的方法

我在前面已经说过，现在的领导者将要面临两难困境的动态压力——同时管理绩效和不确定性。当一个变革计划按我所描绘的科特所定义的八个步骤向前推进时，不确定性和焦虑随着信心的增强而减少。没有任何事情会一直成功下去，尤其是在能清楚地说明新的行为和成功间存在联系时，这更是事实。当然，历经此阶段的运作过程和流程都不会是一帆风顺的，它从来就是这样。有时，有意重新研究前一步是否做得完整是非常必要的。事后看来，这些步骤没有取得明显的进步就没有必要继续下去。

好的绩效管理可以产生更高的生产率，能改善与顾客的关系，使顾客更满意，这就使企业每天向顾客提供服务的过程变得更为重要。但由于总是存在很大的不确定性因素，因而这也可能是一种幻觉，直到一个成功的变革项目导致新的方法产生，而该新方法又和文化有着密切的联系（正如科特所指出的那样），那么非常明显的是，人们需要进行更多的变革以使自己保持竞争力或保持符合国际标准。由于事态——这就是说，持续改进绩效的必要性——在瞬息万变的运作环境中是已知的事物，那么，公司和组织必须为领导者提供成功向前发展的空间和手段。

这样做的基础是向领导者授权以便他们能发挥自身的能力、提高自身的技能。他们可以接受挑战性和原创性的工作来这样做。通过这样做，他们可以养成终生学习的习惯。不过，领导者需要一个框架和支持系统来做这些，我将在第 10 章和第 11 章对这些问题进行更为详细的论述。如果领导者必须到其他地方寻找新的首席执行官和其他的高级领导者，那就有明显的迹象表明，肯定发生了许多严重的错误。问题之一是领导者没有培养出新一代的接班人，或者更糟的是，他们不相信或者不支持自己的判断，而把自己的信心建立在自己领导的一群忠诚的员工上。

这就是众所周知的 "CEO 倒置 (CEO churning)" 现象 [此术语是由贝尼斯和奥托勒 (O'Toole) 在 2000 年提出来的]，这种现象似乎已经成为企业间的流行病。在对它进行评论时，《经济学家报》最近指出，在 2001 年 2 月，有 119 位 CEO 离任于美国的大公司，这个数字比 2000 年上升了 37%，很明显，2000 年下半年离职的 CEO 比上半年增加了 40%，这就表明了各公司存在着可怕的、毫无疑问是代价高昂的信用危机，这些公司需要的是具备发展或增长能力的领导者。

董事会（最终还是股东）必须准备支持成本不是那么高昂的培育各级领导者的过程，这并不是说他们应该按固定的、现在流行的模式去克隆领导者。这种战略是不能持久的，并且克隆出来的这些领导者也是"普通的"（即使能允许"变异"的话)。相反，他们应致力于构建发展领导技能的体系，此体系有利于建设成培育人才的摇篮，由于此摇篮的内容丰富多样且容量足够大，以至于能培育出应对各级艰巨挑战的领导者。在公司的未来发展过程中，此摇篮在任何时刻都能为最艰巨的任务提供不止一个的潜在候选人。我将在第 11 章对这个构架的要求进行详细的说明。

6 规划

一切事情都应该尽可能地简化，但不是草率行事。

阿尔伯特·爱因斯坦

(Albert Einstein)

不间断地分析

圣吉指出：

> 仅仅是当前的现实并不足以产生创造性压力。对世界进行全面的分析也不会产生愿景。那些具备领导素质的人也不能够产生创造性压力，这是因为他们试图用分析代替愿景……他们从来没有领会的是，改变现状的自然力量来自于对未来的把握，较之于把握现在而言，这对人们更重要一些。

我有幸在很多发展中国家工作过并获得了一些经验。在这些国家中，在存在无数金融限制的情况下，人们致力于提高服务质量并且获得更好的结果。在这样的情况下，管理者难免会犯"只见树木，不见森林"（seeing the wood for the trees）的错误。他们发现，当周围的环境（现实情况）都是阴暗的、死气沉沉的，就很难想象浪漫的未来。他们无法想象，在挑战或变革现存的结构、职能或现状时，所给出的建议是多么地虚无缥缈。事实上，还存在着更艰难的情形。心理学家用"认知不一致"（cognitive dissonance）这个术语来描述这一现象：只看见我们想看见的，而看不见我们不想看见的。人们很早就认识到这一现象了。正如拉丁谚语所说的："我们总是相信我们愿意相信的事物 (Quod volimus credimus bibenter)。"

这种情况在大的、结构臃肿的、官僚主义严重的公司或企业中也很常见。领导者很容易在认知不一致的压力下声称状态良好，即使状态并不好时也是这样。即使人们认识到改革的必要性，但是，人们不能接受改变事物运作方式的挑战。规章和程序完全不合适并对共同的学习不起作用，只有勇敢的或胆大妄为的人才会挑战这种文化。在这样的环境中要保持头脑清醒是很难的，更不用说从事新的更具有创造性的工作了，这些工作肯定要考虑电子商务这个潜在的机会。

彼得·圣吉和其他人认为，当共同愿景和现实情况 (进行清晰的观察后得出的) 间存在差异时就会产生创造性的压力。如果缺少其中之一，都不会产生有用的创造性压力。在这样的情况下，领导者不仅要保证发展共同愿景，还要保证他们自己和其他人能很好地把握现实。

分析、计划和行动

我并不是建议任何人都应该运用分析来代替愿景。从我的经历来看，事实上存在着为粗心的人设下的陷阱，即用分析代替创造性思考，特别是用分析代替行动的陷阱。在绝大多数改革计划中，管理团队倾向于认为战略计划很有吸引力，它有一个有意义的逻辑，能从混乱的状态中找出规律。这种倾向性的观点所导致的结果恐怕是过多的战略计划和极少的战略思考，甚至几乎没有战略行动。有一种试图作出全部计划的倾向——像圣杯 (Holy Grail) 那样的东西是不存在的，或者即使存在也会花费过多的不恰当的时间和资源。然而，没有计划的行动

比没有行动的计划花费更大的成本。管理学界的泰斗彼得·德鲁克说过："计划是没有价值的，而计划过程是无价的。"

军队明确区分了他们称之为的"对形势的观察"以及应付局势的"计划"。观察就是分析。对两个说法进行实质的区分是非常有用的，因为对众多的选择作出全面分析后所作出的决策行为会受到鼓励。分析不仅要罗列出所有可能的情况，还要客观地考虑各个过程的正反两面。从个人战术来说，这样做是对的。人们常会担心地问："我们现在处在哪儿？我们的目标是什么？到达目的地有什么办法？在现有时刻和现有的环境中什么是最好的办法？"

所有的这些问题构成了古典的"军事评价"（military appreciation）的逻辑结构（这些也和我将在本章介绍的群策法有相似之处，但正如我们将会看到的，两者也有重要的差异）。通过对可选择的方式进行风险分析后，一旦作出了决定，就不用进行评价性的分析了。它就像火箭的助推部分，完成任务以后就是多余的。

政治和社会改革方面的渐进主义者琳德伯勒姆（Lindblom）以及明茨伯格可能认为，古典的观察有潜在的缺陷，因为它会导致危险的欺骗性想法的产生，即使一个人做出什么战略以及对未来如何控制，这些欺骗性的想法都不可避免地会出现。不过，他们不会建议不需要战略，无论分析还是计划，都不能组成战略。战略必须考虑不确定性，群策法做到了这一点。

本能的决策

事实上，对领导者对未来方向的把握，或者在正确的决策过程中所产生的内在思想进行一次"迅速而彻底"（quick and dirty）的检查时，古典的观察模型或者至少是其基本形式是非常有价值的。卓越领导者的直觉通常都是正确的，这也是他们之所以卓越的部分原因。玛特描述了直觉的过程，他写的很有意思。他把它称作"及时决策的分解学 (the anatomy of timely decision-making)"：

> 有效的执行者在一开始就应该意识到时间的珍贵。好的判断意味着，在清楚解决问题的方法之前就作出合理的决策。决策从本能的直觉升华为理性的决策。如果到必要时才作出决策，那么，问题往往已经变得非常棘手。

提前作出这种凭直觉的、不受约束的决策，而该决策又会影响严密的分析，那么领导者就不能理性地做出最优的行动。这种决策将会造成思维定式 (situating the appreciation)，因而在这种情况下，它应该立刻受到批评。

不过，有必要考虑一下直觉和本能背后的东西。尽管玛特在这里所描述的东西不是一种直觉的思维，但是某种"思维"有可能会发生，让我们考虑一种简单但是有用的概念。左大脑处理逻辑、符号、时间之类的东西，右大脑处理图像、语言等。当人们运用直觉时，右大脑就处于工作状态，右大脑正把信息和经验联系起来。当它发现可以把某个新的信息放到范围更广的情形下时，就发出某种形式的认知信号，指挥左大脑得出结论或作出某种决定。

当对学习外语有天赋的人碰到生词时，似乎仍能猜出它的意思并且能读懂全文，我相信某种类似的事情发生了。绝大多数人在碰到生词时都不能继续阅读下去，然而，这些对外语有天赋的人似乎有能力先跳过生词来读懂全文的意思，而后再回头推断生词的意思。他们在思索："啊，这个单词的意思一定是……"为了验证并记忆这个新单词，最重要的一步就是重复地运用它，以完成反馈循环。如果这样的方式起作用，那么学习就是有效的，并且今后就能合理地运用它。这个过程需要的是高度集中的注意力（仔细听，并迅速翻译），这是大脑处于压力之下的结果，这可以促使右脑采用某种方式加速这个过程。也许卓越的领导者具有在已知和未知之间迅速找出联系的能力，并且很少出现差错。

当所面临的形势和挑战更严峻时，特别是在需要为解决问题的项目作出计划时，正如德鲁克所说，没什么能代替经过严格观察和形势分析而作出的计划。如何使管理人员把计划付诸行动是另外的事情。（德鲁克提醒我们，这些计划本身并没有价值），我将在后面谈论这个问题，因为它是增加整个过程"价值"的基础。

群策法

群策法是由来自英国和爱尔兰的安德鲁·库珀和简·兰迪于 1996 年在一家以咨询业务为主的 Mindworks 公司提出来的。公司的目标是为那些关心组织变革或组织未来的人提供一种简单的方法：在所有的情况下都能用直观的方式进行必要的分析，以此提出创新性的思想。它提出九步分析法并考虑了改革的必要性（和科特所提出的在实施领导过程中的八步法相对）。科特的八步法帮助你思考成功实施领导所需的条件以及实施它们的顺序。他们没有告诉你如何改变、如何定义它。群策法帮助你意识到，首先要制定组织的目标，以及是否需要改革来做得更好。

改革总是需要经过严密的思考。当考虑到自己的组织时，就很难回避改革所引发的复杂而又敏感的问题。当建立一个新的组织，也许是一家网络企业，员工就很容易因任务过于复杂而不知所措。

安德鲁解释了发展群策法的目的：

> 我们想找出一种考虑组织变革的方法，这种方法要尽可能地简单，但又不能草率。九步法已被看做是简单的常识，它提供了一种结构来帮助人们以系统的方式提出一系列简单的由谁做（who）、做什么（what）以及如何做（how）的问题。此方法尽可能简单的原因之一就是，它需要（也能够）被多次运用——事实上是持续地被使用。我们把它看做是解决普通管理问题的办法，而不是作为计划管理或改革管理的技术。它不只是一个线性过程。

我在第4章叙述了"进入控制塔中"是很有用的，甚至是有效的，如此做有时（或者是经常）会对整个有些混乱的系统获得一个大体的印象。如果领导者这样做只是为了让自己的视野更开阔的话，那么，仅仅是为了使自己的视野更清晰，他就不是一个好的领导者。他们应该教导他人对系统的复杂性和相关性有一个大体的了解，然后他们必须支持、鼓励其他人去寻找新的、创新的方式来应对新的挑战。作为教练角色的领导者于是就有了两个主要的职能：帮助团队学习新的（但完全基于普通意义）思维方式和技术，并帮助他们把思考的结果应用于改变他们自己的处境。

群策法使用"教练 (coach)"这个词来描述帮助的作用，其原因有三：首先，"教练"这个词在他们头脑中要比"内部咨询人员" (internal consultant) 或"合作者" (facilitator) 更具有可描述性；其次，绝大多数人对体育教练比较熟悉，他们能够比较容易地把体育教练和这里的"教练"联系起来；最后，人们逐渐认识到，如果领导者有能力的话，他们应该扮演教练的角色。然而，并不是所有的人都具备这种能力，例如，有些人很出色，但可能发挥失常，这些人周围应该有些好的助手，以弱化由于他们的行为和想法所引起"冲击"的影响，同时，还可以承担起教导大多数人有意识地提出潜在的有创新价值想法的责任。

尽管所有卓越的领导者都想担当起教练的责任（正如我们在本书中多次看到的那样），但为了能胜任这个工作，他们还是应该考虑起用一个独立的教练，这可能非常有价值。这能使领导者或管理团队的领导者参与战略思考分析，并作为团队的普通一员参与讨论并最终达成一致意见。起用一个有丰富经验的教练可能有助于产生更多的高质量的产品。同样的是，它还可以减少对内部问题纠缠不清的可能性，并减少被领导者完全左右的局面，因为领导者可能由于思维定式而扼杀自由的思想。

通过必要的提问以及系统的思考，你无论起用谁都能使我们这里所考虑的"指导"执行团队的过程更为便利，值得牢记的是：好的教练总是以有效的领导者（更不用说卓越的领导者了）试图发展基本能力为基础的。这些基本能力包括：

- 听的能力；
- 清晰思考的能力；
- 能理解指导团队和顾问的能力；
- 愿意倾听富有挑战性的意见，并帮助人们问一些（或回答）难的问题的能力；
- 提供有用的、建设性的反馈信息的能力；
- 耐心；
- 平易近人。

群策法的背景

系统思考是整个群策法的基础。正如我们已经看到的，系统思考是一种根据事物间的联系来理解世界的方式。这种思考方式的一个特点就是：复杂的事物——包括机器、生物和组织——可以通过不同的"层次"进行分析。例如，内燃机可以根据包括不同相关部分的发动机（电、油等）来进行观察，其中的这些相关部分能使发动机运行。内燃机也可以从机车的各个系统进行观察（比如阀门系统）。考虑不同的层级有助于控制任何时候所出现的复杂情况，在系统中划清"界限"可以使人们考虑系统间的联系（界限内的每件事情），并审视系统内的每一件事情。人们很难总是保持完全客观，你总是根据分析的特定目的来选择组织的等级结构，并在各个子系统间划清界限。

我要在第8章详细介绍杰出模型，它是由九个部分或"子系统"组成。这几个部分必须全盘考虑。当你从一个角度乍一看去时，它只属于其中的一个部分（比如人力资源管理与开展），但是，这些部分的有些问题对其他方面也有影响（比如顾客或员工的满意度）。我们将看到，这些模型不仅为领导团队提供构建未来蓝图的框架，而且还能帮助他们对现实进行分析。为了这些目的，使用杰出模型时如果能考虑群策法，效果会更佳。这两种方法互为补充，在合起使用时比任何一种单独使用的效果都要好。比如，群策法不能为组织的设计和改组提供一个全面的方法。通过混合使用，这两种模型为某些关键问题的问答提供了简单的结构（或框架），从而确保了前一个问题的解决将有助于后一个问题的解决。

这里强调的重点是"简单的"和"有结构的"，因为组织中任何一个人都可以使用这九个步骤（首席执行官、保安部——任何人）。拥有一个不会因为其复杂性和高度概念化的技巧和思维而使人们望而却步的模型是非常有用的。安德鲁·库珀说过，九步法的优势之一就是可以与其他的技术搭配使用，因为是有意这样设计这些步骤的。

在计划流程或计划周期的后期，当检查一下困难的步骤以试图从几百个需要改进的领域中挑选出几个重要的领域时，群策法和科特的七步法都可以被再次使用，这些需要改进的领域是在分析现在和未来的差距时被识别出来的。

群策法的九个步骤

群策法分为九步。前五步主要是设计——根据首要目的来描绘未来的蓝图，剩下的四个步骤是执行过程。其具体步骤如下：

1. 你在检查什么（可以是整个组织、组织的一部分、一个工作或者甚至是你自己）？我们假定现在需要检查的是组织或企业。(what)

2. 组织能满足谁的要求？(who)

3. 每一小组需要做什么来满足前一小组的要求？(what)

4. 如何满足这些要求？(how)

5. 组织的未来将像什么？它将满足哪一小组的要求？它将如何传递价值观？(what)

6. 现在的形势如何？存在什么桥梁（有帮助的因素）以及障碍（阻碍因素）？(what)

7. 如何开发有利的因素并清除障碍？它们的潜在优势或威胁是什么？(how)

8. 变革过程由谁来完成、具体做什么、什么时候行动以及运用什

么方式？ (who)

9. 开始执行并优化上述步骤。 (start)

当执行第三步时，管理团队先列出所有能想到的"做什么"，这是非常有用的，因为这其中没有特别的先后顺序。一旦所有潜在的"利益相关者" （Mindworks 公司为了弱化咨询的作用而更愿意使用"stakeholders"这个单词）经过头脑风暴分析后就产生了自由的思想，这些自由的思想可以按照一般的原则进行分类，然后就能提炼出更简短的、更高水平的需要做的重要事情 (main what)，这些事情通常将构成关键结果领域的基础，我们将在后面的战略计划中找出这些关键结果领域。

这个简单方法的益处之一就是，一开始，它就从顾客或被服务者的角度来考虑使用战略思考的方式，而不管目前的权力分配、结构或组织职能如何。而且，正如我前面所说的，在描述熟悉的现实（通常是让人绝望的和形势严峻的）之前，制定出未来的蓝图（以后能被提炼）可以使团队避免陷入看似可行而实际不可行的挑战以及必要的变革。

表 6.1 中列出了群策法的九个步骤，这些步骤能被应用于制订战略计划过程的不同阶段。

我非常感谢安德鲁·库珀在群策法中提出的一个艺术性的比喻：达·芬奇在画蒙娜莉莎时并不是按部就班地从画布左上角逐步画到右下角，从而结束一幅复杂的油画。相反，在他开始画的时候就对画的内容成竹在胸，然后画出主要轮廓——其中很多部分都会被去掉。即使在绘画过程中，他还会仔细地修改细节直到满意为止。这个比喻和为组织制订计划之间最明显的区别在于，制订计划是永远没有目的地的，未来的道路永远摆在我们前面而且总是变幻莫测。

表 6.1 战略思考——群策法的步骤与结果

步骤	结果	立即使用	将来使用	所使用的文件
1. 什么	清楚地要观察的组织和组织的一部分	设定分析范围	为将来的其他部门提供先例	
2. 谁	列出顾客、客户和其他要满足其要求的利益相关者的名单	见 3a		对计划、提供服务或合作协定合作进行形势分析
3a. 什么	列出所有必须要满足的要求	见 3b	营销计划或产品计划	
3b. 主要内容	简短地列出"主要结果"和服务领域	见 4	找到关键领域、战略目标，传递战略和绩效标准	战略计划 商业运作计划 提供服务和合作协议
4. 如何做	列出能满足需求的各种方法	作为步骤 5 的基础	信息传递和企业发展战略	战略计划
5. 将来	对未来(3~5 年内)有一个清晰的共同愿景(包括哪些顾客？如何做？做成什么样子？什么气氛？)。可以用平衡记分卡模型中的杰出模型对未来进行描述	定义了变革过程的"目标"。参见 6	愿景的表述	战略计划

步骤	结果	立即使用	将来使用	所使用的文件
6. 目前	对现实的清醒认识 存在什么"优势和劣势"？列出可能阻碍变革的因素和有利的影响	定义了流程的"起点" 参见步骤7	确定了自我评价的基准	战略计划（所需面对的挑战）
7. 克服障碍	如何利用有利条件来消除障碍？	参见步骤8	找出步骤8的关键要素，以及为年度运营计划拟定行动计划	运营环境下的战略计划
8. 计划和变革项目	谁将做什么，在什么时候完成变革？列出详细的行动计划和所需的资源	估计在变革过程中哪些行动最重要，并明确责任。参见步骤9	找到下一步的变革目标和战略	战略计划 商业计划
9. 开始执行	通过创造性的工作完成变革 协议、指导、支持和授权	"迅速获胜" 通过因果联系获得动力	改进绩效 模式的转变/新的行为 为和组织的学习	战略和商业计划，为报告"知识平衡表"设定标准

总之，让我们考虑一下支持九步法的更多思想：

- 为什么组织需要设计；
- 把工程学原理用于组织；
- 为什么组织非常混乱而且很难设计；
- 把人类的进化、思想的发展以及组织演变联系起来。

组织与设计

人类善于设计——从火箭到宇宙飞船，但是我们并不热心于"设计"组织，其部分原因是由于我们认为组织不需要设计（从工程学的意义上来说）。目前的通常做法是：把组织中各式各样的人进行恰当地分组并为其制定愿景和任务，然后恰当地设置一些流程和会计系统，那么，就会产生一个职能完备的组织。很明显，如果我们如此设计一架飞机的话，那就比较麻烦——设计波音 747 并不是简单地把机翼、引擎、机身等部件装在一起就完事。这个过程开始设计的是贯穿始终的"做什么（what）"（要求在不超过 Z 成本的情况下尽可能安全地把 X 个人重复地运送 Y 公里）。机器中的每一个部件 [这些部件是为这个特别的"做什么（what）"而设计好的"方式（how）"] 不仅要相互连接得很好，而且要在一定的目标条件下保证成本的最小化。正如爱因斯坦所说的，整个装置尽可能简化，但并不能草率。

在工程领域，可以为具体的"做什么（what）"设计并规划一系列的"方式（how）"，如果这是可能的，那么对组织而言，如此运作为什么这么困难呢？毫无疑问，答案在于人（组织的基础）既不是机器，也不是机器的一部分。我们不是在克隆人，每一个人都不一样，人类已经进化了，进化过程中人们的思想并没有停止。

进化

进化的目的——尽管尚未具体化——就是要产生自我复制的机体以最好地适应自身的环境。就进化论而言，通常容易误解的是人类要比其他物种多少要好些，但就进化的单个意思而言，我们并不比蚂蚁（或任何其他现存物种）先进一些，从某种意义上来说，我们甚至要比它们"差"一些，这与"文化遗产（cultural inheritance）"有关，如与故事、歌曲、思想以及自我复制和变异的基因有关。我们再次回顾一下领导者为企业的学习所承担的责任，我们可以建议，如果一个领导者可以建立一个可以有效地传播和复制遗产——允许产生一些错误以发生变异——的组织，那么，他或她将建立一个能重复设计的实体：把自己改造成最易适应环境并能在环境中找到自我。

下一章描述了在最近的八年中如何发展最好的实践，以使管理者——特别是领导者——在寻求持续地改进设计和目标时能采取系统思考的模式。

C

把愿景转变成行动

领导要开创未来

有效的领导不是作一下演讲或是受人喜欢就行，评价领导是通过结果而非品质。

彼得·德鲁克
(Peter Drucker)

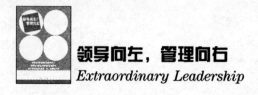
评价与管理

人们常说，"如果你能评价一件事，那么你才能管理它"。相反，"如果一件事都不能被评价，那么它也不能被管理"。我从来没有想到过，可度量性 (measurability) 是考察管理能力的最重要的标准，然而，越来越多的评价已经成为最好的管理系统的关键组成部分。绝大多数管理人员认识到，评价在交流绩效指标和目标方面有着重要作用：通过挑战这些指标和目标以提供动力，通过实现运营目标来追踪组织战略的成功之处。然而，尽管认识到这些，绝大多数组织并不使用具备这些作用的评价系统。由于传统的评价工具主要是财务指标，今天绝大多数的评价系统常常依赖于半年或一年的财务收益和收入，因而只关注组织的过去表现并鼓励发展短期战略，这些通常不能为今天的组织领导者提供所需要的长期管理能力。

平衡记分卡——一个工具箱

我们可以把财务收入比作旅行的距离，但这只是衡量指标之一。

你需要很多指标来衡量如下事情：你如何做，你是否在旅途中该在的地方，以及是否存在诸如汽油量、温度或其他任何的警示指标。财务收入只是众多指标之一。我们将看到平衡记分卡可以作为工具箱来使用，它简要概括了所有需要的指标及其相互关系，它同时还提供了资产负债表、损益表和现金流量表。它不仅在财务管理、管理会计领域有用，而且对与运作环境相关的整个运作系统都起作用。

平衡记分卡：企业的全球定位系统（GPS）

2200 年前，中国的军事战略家及领导先驱孙子在其名著《孙子兵法》中提出了一些有用的思想，这些思想类似于我们现在所认识到的可行性标准与结果之间平衡的思想，或是平衡记分法。比如他写道：

> 用五个基本因素来评价你的竞争计划，对自己进行评价以及与竞争对手进行比较，以决定最佳的过程。对每个细节都要深思熟虑。这五个因素是：性格、环境、结构、领导和信息。

在指导如何诋毁竞争对手的信誉（并指出这不是上策，而且是最危险的竞争策略）时，孙子建议有五个领域可以作为攻击的重点，由此我们可以推断出建立良好的信誉应从五个同样的领域着手。它们是：

> 人际关系、组织产出或个人绩效、顾客或员工、供货商、资金来源或金融支持。

正如他所说的，这五点并不新颖，然而的确有用。

平衡记分卡是改进战略管理的一个工具，战略管理最初是通过评价机制把长期战略运用到管理系统时所产生的。平衡记分卡把愿景和战略变成一组优先指标，它们能有效地传递战略意图、激励员工以及追踪员工为实现目标所作出的贡献。平衡记分卡已经成为很多评价系统用来评价持续改进的程度和速度的工具。然而，由于它的整体设计观念，在改进绩效方面它能被证明是一个极好的框架模型。运用模型来为绩效打分的过程是次要的，分数本身对理解模型也同样是次要的。只有通过鼓励系统思考才能形成战略。

假若你在一个非竞争环境，如公共部门工作，那么，愿景就描述了最终的目标——成为最好或尽可能的好，而战略是对如何实现目标达成共识。平衡记分卡通常提供了把愿景变成一组清晰的改进当前工作的目标，以及把这些目标整合优化成战略改革的框架，这些目标自然就变成了绩效指标以及服务递送目标体系，这个体系能使整个组织、顾客、利益相关者有效地交流强有力的、前瞻性的战略重点。正因为如此，平衡记分卡对高级管理人员和执行官们也是非常有用的，它可以帮助他们决定愿景涵盖的范围以及愿景的表达方式。为此目的而使用平衡记分卡，无疑可以使愿景更为实际、具有战略现实性并有合适的整体观。

进程的四个观点

一个装备优良的工具箱可以提供衡量标准，以衡量一系列重要指标的当前绩效水平。与传统的基于财务的评价系统相反，平衡记分卡从四个不同的角度来制定目标和制定衡量指标，以使组织把关注的焦点放在未来的成功上，这四个不同的观点为组织提供了平衡而又整体的全局观念，它们对个人和公共部门来说都是一样的。在绝大多数的这些领域里，好的行为有共同的特征。然而，我指出了某些有助于领导者和管理者从各自的角度交流信息的具体差异。

学习和增长的观点关注组织的基本资产和资源，以及未来成功的基础——它的人力资源以及基础设施。向这些领域投资足够多的资金对长期的成功非常重要。一个真正的学习型组织的发展（这是领导者的责任）将显著增加整个组织的员工对工作的满意度，并且这也是下一个平衡记分卡（即内部的观点）获得成功的必要支柱。

内部观点主要关注使企业获得动力的内部关键流程的绩效和质量。找出对改进绩效有重要作用的流程是领导者的重要责任。在这些内部流程中，执行持续改进的战略并检查进展情况似乎就成为未来能获取利润的主要先行指标。然而，为了把优势流程转化为利润上的优势，企业必须首先要满足或取悦于它们的顾客，并且要找到可证明的因果关系，以此证明为使顾客满意而作出的改进是值得的，同时，使用平衡记分卡来证明战略分析和作出决策的有效性。正确地找出关键过程并决定资源的优化配置顺序，结果就能生产出高质量的产品或服务，以使顾客消费更多产品而获得满意，同时企业也能增加利润。

顾客对物有所值的观点是衡量产品或服务质量的最终唯一标准。各级雇主必须全身心地投入工作，向员工授权并让他们承担工作，以对内部流程进行创新性的改进，任何这些再造流程的想法都是非常关键的。通常，企业流程的改进已经代替了企业流程再造，流程再造试图处理那些顾客或雇员在某种程度上似乎没有相互联系或互不依赖的流程，因而通常会失败。现在，人们正确地把供货商看做关键生产流程链的一部分，在更严格的标准下要获得持续的改进就必须培养与供货商的良好关系。

顾客的观点认为，我们应该从顾客的角度来看待企业，以便组织重点关注顾客的需求和满意度。这可以考虑对整个社会的影响，特别是那些对环境安全有道义责任并制定政策与策略的企业（这也包括大部分大的公司和所有的跨国公司）。作为主要雇主以及消费当地资源的企业，

领导向左，管理向右
Extraordinary Leadership

它必须要评价自身规模和势力对本社区所造成的影响。公共部门对"顾客"有不同的观点，也对在过去 10 年中通过在公司竞技场有效地学习而发展起来的部门有不同的观点，我将在下一节对此进行详细的论述。

最后，**关键绩效结果的观点**衡量了企业的最终结果。企业为利益相关者提供的通常是财务报告。但是，这个观点也同样可以应用于主要股东和合作伙伴努力要达到的其他主要结果领域，例如，这些领域包括商标形象、保证产品和服务质量的信誉及其它。

总的来说，这四个观点可以为企业或组织的现在和未来改进绩效。当综合考虑这四个能分析管理团队未来愿景的观点时，他们做出很大的努力以确保战略的整体一致性，而且，如果执行团队坚定地使用平衡记分卡，那么，就要一致认同最初做出的行动，以上这些就是由分析四个不同的观点所得出的结果，这就可以避免不可回避的失败，以便对每个细节达成一致意见。整体练习能给战略计划过程增加重要的价值。

公共部门的四个观点

学习和增长。这个观点关注的是雇员的能力和信息系统的质量，以及为了支持组织目标的实现而提供的卓越服务对组织联盟的影响。只有当组织由有足够经验的、干劲十足的领导者来领导，并为他们提供准确而又及时的信息时，组织才能良好地运作。这个观点强调了正在进行深刻变革的公共服务组织的重要性，甚至有些学者把公众看做有价值的客户或顾客，这使得在很多国家中有必要进行思维定式的重大转变，这种转变不仅包括由国家提供的服务，而且还包括由地方政府提供的服务。为了满足这些变化的需求和顾客的期望，雇主要负起新的重大的责任，并掌握新的技巧、能力、技术以及以前没有实施过的组织设计。很多高级市政官员直到最近都没想到过自己是管理者，更不用说是"领导者"。

"企业"的内部流程。这个观点重点关注财务的可行性以及满足顾客需求的内部流程，此流程和私人部门的运作是一样的。为了满足组织的目标和顾客的期望，组织必须辨认出它们所擅长的关键企业"流程"。关键流程应该被监控（现在经常是这样）以确保结果令人满意。公众对服务标准的期望是通过内部运作流程及其运作机制来实现的。市政部门和公共部门的问题在于，人们认为运作流程是僵化的，它只关心和组织内部有关的东西而没有考虑到顾客的便利性。这种问题当然不仅局限于公共部门！事实上，在陈腐的官僚体系的公共部门中，有大批的文件需要被修改，但并非所有文件都被修改过。部门长官、外交使节以及固定的框架和程序，这些通常都受官样文章 (red tape) 的限制。导致这种现象的原因通常是由于这种风气由来已久，雇员们总是被期望按这些不可冒犯的"标准操作程序"行事，而不是质疑这些程序或是提出改进建议，以获取更高的效率或促使顾客满意。最近，我偶然发现，在印度市政服务手册中有关于"马的津贴 (horse allowance)"的条款，条款规定通过总督办公室向英国交纳费用的频率；在一些乡村，还存在收音机操作员的职位，这个职位从 1952 年开始设立起就从未撤销过，结果这位操作员现在还在领着工资！

关注顾客、客户或用户。此观点关注为组织提供高质量的服务标准、服务效率和顾客便利性以及满意度。在政府或公众服务部门中，绩效的原动力和在商业环境中是不同的。在这里，顾客和利益相关者比财务结果要重要得多，但这并不是说审计财务并不重要。相对于私人部门而言，公共组织通常有一个不同的或许更重要的受托责任。官僚主义者应担当起财政收入和支出的管理责任。公众（从这方面看是股东）希望这样，但是，这绝不应该以牺牲预算范围内的服务质量为代价。

确保政策、战略和运作对社会的正面影响当然是公众服务部门的首要考虑，公众服务部门存在的理由正在于此。所有这些组织中的领导者都应该考虑衡量这些标准。客户服务（或市民服务）的章程尽力揭开政策的神秘面纱，以及使政府对利益相关者的承诺清晰化，同时也使这些利益相关者清楚他们有权利得到什么样的服务水准，平衡记分卡可以用来衡量这些标准，并使政客公正地向公众报告政策进展情况。

财务。在政府领域，"财务"和传统的私人部门是不同的。私人的财务目标通常是在纯商业环境下能长期获取利润。公众组织对财务的考虑主要是其限制的作用，但不像"企业"系统那样把财务当作主要的目标。衡量公众组织成功的标准应该是它们是否有效地满足其选民的需要。因此，在政府领域，财务强调的是成本的效率，也就是向顾客提供最大价值的能力（正如顾客所期望的那样）。

识别一个"好"的平衡记分卡

平衡记分卡已经快速地为公共部门及私人部门所接受。对于管理者来说，很容易看到一组衡量绩效的标准，这些标准能告知他们和他们的利益相关者或顾客，他们做得是多么好。然而，更全面发展的观点是，有效的平衡记分卡是由四个或更多种类的衡量指标组成。一个好的平衡记分卡应该反映战略或为战略提供发展框架。由卡普兰和诺顿

(1992) 提出的最初理论模型在私人部门和公众部门都有着良好的记录，这些记录能为我们提供最好的实践经验并能使我们认识到"好"的平衡记分卡的要素。以下三个标准可以帮助我们决定衡量绩效的标准是否能真正地反映战略：

1. **因果关系**。平衡记分卡所选取的标准都应代表战略因果关系链的一部分。

2. **绩效的驱动力**。在一个行业中绝大多数企业都熟悉的衡量指标是"滞后指标"，比如市场占有率和顾客忠诚度。绩效的驱动力（"先行指标"）可能是独一无二的，因为它反映了绩效驱动力与战略的差异。一个好的平衡记分卡应该既有先行指标又有滞后指标。当然，从定义上说，所有的衡量指标都是"滞后"的，因为它们衡量的是已发生的事情。对于更高的水准或者更好的战略，一些低水平的滞后指标可能会是先行指标。

3. **与财务或关键绩效结果的联系**。由于今天的绝大多数组织都在进行变革项目以扩大规模，因此很容易专注于某个特定的目标，例如，质量、顾客满意度或者变革。尽管这些目标通常是战略性的，它们也必须转化成最终与财务可行目标相联系的衡量指标。我们必须辨别出衡量指标间的联系以及合适的衡量指标。如果做不到这一点，我们几乎就不能把这个模型作为改进绩效的工具。

自从平衡记分卡的概念最初刊登在《哈佛商业评论》以来，就有很多种方法对其予以解释。然而，有些人仅仅把它简单地看做是一组财务和非财务指标，这种简单的解释是危险的。衡量系统不能反映组织的战略，并且过度关注衡量指标可能误导性地指引组织的发展方向，结果和其战略背道而驰，这就是为什么我在为管理团队介绍这个模型时，曾称它是计划过程中系统思考的框架而非记分卡或基准工具。一旦管理者理解了平衡记分卡作为战略发展框架是多么的有用以及多么的强有力，他们就会更加坚信，当他们最终确定衡量当前绩效的基本指标时，平衡记分卡将在实际运作过程中真实地反映绩效改进计划。

有必要理解一下从一个部门到另一个部门的平衡积分卡的运作。为了使其更有效，必须利用平衡记分卡来管理而非监控。在现有的环境下，很难证明企业（也许公众部门也一样）的投资回报是正常的，因为它并没有像投资者所期望的那样快捷。不过，很多有发展潜力的愿景公司的股票价格确实表现得很好，并且这些公司通过制定长期规划来进行运营。所以坦白地说，市场并不允许企业为将来作打算，因为市场关注的是短期利润。一个成功企业的背后必定有努力的人，他们出色是因为有卓越的领导。

在这些例子中，领导是卓越的原因之一就是，在环境不太复杂时，运用平衡记分卡来管理是容易的；而当环境变得过于复杂时，就需要领导者具有极高的责任心和信念，这个时候就不必考虑财务报表，而是要尽可能地做一些在短期内能使结果变好的事情。如果整体的绩效奖励体系和平衡记分卡中的所有利益相关者密切相关的话，那么，如此做是有帮助的（尽管在这里使用记分卡也能得到好的效果，利益相关者的价值也会得到提高），像这种股票回购机制在必要时可以帮助维持短期内的平衡。

建立平衡记分卡的艺术

"建立平衡记分卡看起来很简单，其实是很有挑战性的"，这句话总结了一个执行官的失望心情。他着手发展平衡记分卡，却得到令人失望的结果。不应该低估平衡记分卡的设计。如果你确实希望为自己的组织设计一个特别的平衡记分卡，而不愿意使用或改用一个已被证实是普通的模型的话，那么，成功的特别设计需要两个必要因素：为了设计和发展新的管理系统而拥有一个有着清晰的愿景、构架、信念以及最优方法的设计师；同时还需要对这个项目负最终责任的完全投入的客户。这些客户必须清楚，在设计师让他们承担管理企业的责任后，他们必须对项目的结果负长期的责任。

上面的客户就是指企业或组织的执行团队。作为评价基准系统的专业咨询人员将扮演着此过程催化剂的角色，但是设计师应该是企业或组织的领导者。企业或组织要建立的平衡记分卡和管理系统最终将是首席执行官和执行团队的责任。没有他们的积极支持和参与，就不要指望设计平衡记分卡计划，否则结果注定会失败的。他们代表了约翰·科特所谓的"指导联盟"，他们甚至运用平衡记分卡来帮助他们构建愿景并制定成功的总体战略。但在此过程中，他们必须热心于流程的改革和改进，必须有紧迫感地积极地交流他们对此的承诺。

一个较短的案例研究——坦桑尼亚的执行机构

1999 年，世界银行指派我作为政府公共改革项目的绩效管理系统顾问到达坦桑尼亚。到达后不久，另一位顾问询问我对一些问题的看法，这些问题在发达国家并不常见，但在发展中国家和正在进行改革的转型国家很常见。人们建立了一些与政府紧密联系的执行机构——事实上，这些机构和建立它们的内阁机构是半自主的"观望但不干涉(eyes-on but hands-off)"的关系。诸如此类的例子很多，如城市航空管理局、机场管理局、公路管理局、气象局和国家统计局之间的关系。人们试图弄清楚消费者对现有服务水准的满意度，甚至还花一大笔钱雇用外部专家进行大范围的消费者满意度调查。调查报告显示，公众对自己有权利获得的服务标准知之甚少，在一个资源稀缺但不存在腐败的环境中，公众对自己所说的所有事情是否存在差异持极为悲观的态度。因此，顾问们发现，几乎不可能找到并提出合适而又现实的绩效指标或服务递送目标，所有这些在以前都不存在。

顾问们在进行基线绩效调查 (baseline performance surveys) 时，所采取的方法似乎是全面而又严密的。所使用的方法、决定衡量的对象以及所找出的优先指标似乎都是合理的。事实上，在为国家统计局所作的一项研究中，平衡记分卡模型就取得了很好的效果。然而，研究缺少了所需要的某些重要方面的内容。最基本的要求就是定义某些领域——研究者决定不在这些领域选择指标——在过去或现在的绩效如何地差，与此相比较，研究者似乎就让相关部门"脱离险境 (off the hook)"。在数据从未被收集过的情况下确实很难对绩效进行衡量，这是事实。在数据从未被收集的情况下，一些人感觉到这就对他们构成威胁，他们可能感到，这些行为企图阻止被认为是责备这种事态的事情，这也是一个事实。

然而，对任何战略计划或基准过程来说，决定你所处的位置以及你试图定位的目标是最基本的。这是基本的航行要求。如果船长和机长知道自己要去哪儿，却不知自己目前所处的位置，那么，这对雇员或顾客来说是并不起什么作用。假若你不能确定应该把救援人员指引到何处，那么，即使清楚自己身处险境也是不够的！

因此，第一个结论就是代理团队应该重新研究问题，并努力寻找某些领域所存在的缺陷以及对组织所构成的威胁（如果这些缺陷或威胁没有被记录的话）。这是否是来自顾客的抱怨——即使这些抱怨没有被记录下来？这是不是企业输给竞争对手的理由？这是不是系统的、结构化的或官僚主义的障碍？而这种障碍可能是目前范式的特点，这种范式将阻碍他们利用新的自由模式，但这种范式也能被认出和清除。前面两点——来自顾客的抱怨以及输给竞争对手的理由——是第三点（系统的、结构化的或官僚主义的障碍）的信号。有一项研究比其他研究在解决这些问题方面做得更好，所以，似乎没有什么理由可以解释为什么其他机构不能满足顾客的需求。

我们最初得出的结论是，顾问们使用同一种方法来帮助其他机构获得满意，这应该是可能的。为简单起见，我们决定这是一个关注三个重要结果领域的问题：顾客满意度、灵活性/响应（既可以是外部的，也可以是内部的），以及生产率（主要与内部衡量指标有关，包括财务方面，因此更容易衡量）。当我们运用最后这个标准时会感觉到，为了识别出现有的水平与已知的最好实践间的差距，管理层可能会发现尽量了解现有会计人员的能力是有帮助的。

标　准

除了使用这个简单的平衡记分卡模型外，用标准（standards）这个术语来考虑问题可能也会对我们有所帮助。顾客们期望能得到什么样的

服务水准？竞争对手提供的又是什么样的水准？我们能否找出人们目前所做的标准以及被认为是最好实践的标准间的差异，衡量这些标准的指标主要可分为三组：

1. 与顾客满意度相关的指标；
2. 与灵活性和响应相关的指标；
3. 与生产率相关的指标（效率和效果）。

在第二和第三领域，高水准的绩效明显地有助于提高顾客满意度，我们喜欢用第一组指标来衡量顾客满意度。所有的三组指标都说明了管理运作层面的行为、资源、人力以及信息的必要性（任何时候都是最必要的）。

如果目前缺乏数据以致不能帮助你评价这些事情，那是多么的糟糕，因而，保证在将来有更多更好的数据可用则是提高个人技能或管理信息系统（MIS）的首要条件，或者是两者的首要条件。这种说法引出了另外一个潜在的悖论：我们如何衡量技能以及技能到底是什么？技能是扎实的理论知识和实际经验的结合体，两者结合后能产生所需的技巧，以便使个人的工作达到满意的水准，此水准是基于在某个特定领域被国际认同的好的行为所制定的。我们对现有的顾客满意度可能有不充足的数据，但也有许多丰富的有关管理水平和定义所需技能的可用材料，这些材料有利于使最好行为的绩效达到国际水准。运用这些方针作为导向，我们可以评价我们当前的技能（比如，管理团队对行为、资源、人力和信息的管理），并决定我们该做什么来改进技能，以便在将来提供更好的服务。管理团队不应担心在这种意义上对标准的定义。顾问们所提供的必要材料以及技能培训是非常有用的，他们由于非常专业以致对此过程起着催化剂的作用，使用已出版的和已证明有效的指导方针进行自我评价也是极有可能的。

公司的定位

如果你希望考虑一下这种方法，那么你能做些什么呢？检查下面表中的十个要点可用于对现有企业的状况进行评价：

1. 用自我评价的方法而不是国际标准，对团队或个人目前的技能进行衡量（第 8 章描述的 EFQM 杰出模型可用于这个目的）。

2. 用同样的方法而不是采用国际标准来衡量竞争者当前的技能。

3. 识别出人力资源开发 (HRD) 过程以及公司学习的偏好，以和潜在的竞争优势相匹配。

4. 发展管理信息系统 (MIS)，以收集有关顾客满意度的数据，这有助于审察所需技能的合理性。

5. 尽快制订和交流计划，以关注"保健因素 (hygiene factors)"。这些保健因素主要是那些基本的问题，如工作环境的质量、基本薪水、工作的健康和安全问题，等等，这些问题如果不能很好地被处理，那么将对员工的士气和动力造成负面影响。如果基本问题没有解决好，那么没有必要考虑更复杂的激励机制（比如，根据绩效决定薪水的系统）。废除过时的官僚主义体系和结构将阻碍以结果为导向的运营方式。

6. 当效率的提高（或是为了管理层和各级员工间能更好地交流而提供更好的环境）能给那些有望成功的人提供机会以对其给予奖励时，应为将来的"激励因素"作出计划。当试图找出这些有望成功的人时，我们应该牢记：尽管有些人成绩显著，他们的身后肯定有众多雇员的支持，这些雇员辛勤工作并尽自己最大的能力做好工作，他们通常所从事的是很有技巧性的工作。缺少了这些雇员，组织的发展速度将会终止 (grind to a halt)，但是这些雇员并没有接受或期望得到更多的认可。非常清晰的团队目标以及对团队的成功给以认可与奖赏是解决此问题的答案，奖励单个人的成本很低，但对于被奖励的相关人员来说却意义重大。

7. 经常交流愿景、任务以及战略目标，以便没有人会怀疑个人绩效目标如何直接而又合理地与企业关键结果领域的三个重要领域相联系，即顾客满意度、灵活性/响应以及改进的生产率。

8. 运用 SMART 分析确定团队和个人的产出目标。

9. 改进的效率不仅要与计划相比较（或简单的统计增长或下滑），而且要和竞争对手的绩效以及顾客的期望值相比，后者在"市场"变得更为复杂时也将不可避免地增长。

10. 总之，执行下面的诊断和改进模型 (diagnosis and improvement model)：

   —意识到（并指导每个人都意识到）当前的服务水准和期望的服务水准间的"差距"。所需要的水准当然应该建立在利益相关者需求的基础之上。

   —找出这些"差距"的本质和严重性。

   —找出可能的原因——与系统有关的以及与员工技能有关的原因。不过，这里有一句警告的话是必要的：找出缺乏技能的因素而不是逃避责任，这是非常的重要！在绝大多数情况下，这是系统/管理层/组织的问题，因而没有理由解雇员工！如果员工的技能有问题，那么，值得肯定的是，包括设立工作岗位以及人员的需求、招聘、培训及其发展、评价等整个人力资源 (HR) 过程都应受到置疑。戴明提醒我们，85%的问题是由管理层引发而非员工的责任！

—发展行动计划以减少阻碍和抵制的影响。

—执行行动计划。

—如果可能的话，通过自我评价和外部独立评价来评价绩效改进的情况，他们是否已经解决了问题？

—评价新的事态（比如，与顾客期望值以及与竞争对手的进步相比较的改进效率）。

罗列这些内容容易，但执行起来难！我将在后面（第 11 章和第 12 章）描述新的绩效模型的内容，以及它们如何从组织的战略计划中直接发展起来。特别要注意的是，通过战略和企业流程（这些对绩效的改进是关键的），所有的运作过程能直接寻找出关键结果领域或战略目标 [顾客的满意度、灵活性 (反响) 以及产量]，而且还要从整体上对其进行思考 (水平的)。这些战略和企业流程对绩效的改进是关键的，这将保证这种新的杰出模式的特点是：

• 主要关注外部；

• 同时也关注内部；

• 有一个完整的流程；

• 反映了全球的最佳行为和竞争意识；

• 形成了绩效管理的系统思考方式；

• 指出了评价个人技能和团队技能的必要性，以达到计划的改进目标。这也可以检查一下在既定时间范围内的现实目标。

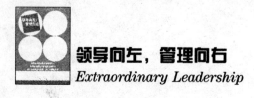
应用改进的方式

尽管你极有可能预先设计自己的记分卡，但是，我相信，通过采纳并运用一个测试过的方式（这正如我们在案例研究中所总结的例子那样），你就可以避免无数个令人头痛的不眠之夜。这种方法通常保证，在纷繁复杂的战略和运作形势下识别出（在必要时就可转变成衡量指标）组织的战略。在任何情况下，你都需要考虑是否只使用平衡记分卡作为你的基本模型来发展总体战略（可以在战略或企业计划中找到）。你可能更喜欢使用记分卡来确保全面的整体系统观。当你使用另外一个模型，比如群策法来描述主要的战略目标时，你也可以运用平衡记分卡模型找出需要改进的领域。在任何一种情况下，一旦你决定了需要优先注意的领域和行动计划后，就有可能有规律地使用记分卡（也许6个月一次，也许一年一次，这取决于改革的速度），以便为所有选择区域的绩效"打分"或进行评价。

按理说平衡记分卡应该被频繁地用于监测和管理运作，特别是用于把战略变成行动。这可以避免管理团队仅仅关注每天、每周、每月的财务状况，而对非财务方面的情况只是偶尔留意一下的行为。

有些咨询公司专业性地为高层经理和企业领导者（衡量体系的设计师）提供服务。美国文艺复兴咨询公司在为客户设计平衡记分卡评价系统时使用了四步法。这个模型的一般框架可在因特网上找到，非常感谢文艺复兴咨询公司允许我在这里介绍这个四步法模型。

第1步 定义衡量框架

由于平衡记分卡反映战略，一个组织应制定与众不同的战略。一个企业的战略以及描述该战略的平衡记分卡并不是随意制定的。文艺复兴咨询公司发现，在一个平衡记分卡的框架中有几个领域必须合并到记分卡的设计中。一个好的设计过程将识别出这些领域并提供框架，以指导设计师和执行团队进行战略思考。存在描述战略的框架以及一个复杂的设计赖以存在的框架，比如，从财务角度看，人们可以对财务战略的三个主要组成部分进行讨论：（1）收入增长；（2）生产率；（3）资产的利用。无论是经营一个成长型的、成熟的或是以收益为导向的企业，执行团队都用这个框架来确定他们的财务目标。与顾客、内部的以及学习的观点相类似的框架向设计师和顾客提供了共同的技术，以便考虑战略目标的制定。

第2步 认同战略目标

管理团队通常不能就战略目标的相对重要性达成一致意见，这是很正常的。甚至在管理良好的组织中，关系融洽的管理团队通常也不能对整体战略以及组织中的不同角色达成共识，这使得团队不能确定优先目标。流程发展的第二步就是要使管理团队就组织长期战略的优先目标达成共识。为了达到这个目标，文艺复兴咨询公司的顾问们将和团队成员进行交流，以了解他或她对企业发展战略的不同意见。这些个人的愿景在工作时被综合起来进行讨论。在会议上，执行团队将了解员工是否对他们的战略存在不同意见，并讨论还未解决的问题。最后，有十个优先发展目标的组织就建立了共同愿景。

第3步 选择和设计标准

随着经营层就优先的战略目标达到共识，下一步就是要选择标准以追踪这些目标的完成情况。以后的团队工作会议关注为一系列的目标制定标准，以使目标最终以文字的形式表达出来，并寻找每个目标的合适标准。在这一步的最后，下一层级的团队把他们的建议综合整理成"战略故事（strategic story）"。随着制定出战略目标和标准，平衡记分卡测试系统的设计也就完成了。

第4步 制订执行计划

要使平衡记分卡系统创造价值，就必须把它融入组织的管理系统中。此过程的最后一步包括三个主要任务：（1）在众多的管理流程中找出目前的行为；（2）估计把平衡记分卡融入管理流程的机会；（3）制订执行计划。这一步特别要检查一下顾客汇报数据的方式，还要检查管理会议和决策、战略学习、战略交流、个人目标的制定以及计划、预算等方式。

无限的战略收益

那些一直运用平衡记分卡并把它成功地融入管理过程的企业开始看到财务和经营成果的重要性。一家大保险公司的首席执行官估计，通过把平衡记分卡作为改进管理信息系统的催化剂，在两年的时间内能为企业带来 3000 万美元的利润。其他人则描述了无形收益，这些无形收益能通过"理解企业成功的驱动力"以及"教育组织，决定行动方式以及何时、何地清除障碍"而获得。

通过发展能真正反映战略的平衡记分卡模型，你可以为管理系统打下基础，这个管理系统能促使组织的绩效得到巨大的提高。

领导向左/
管理向右
Extraordinary Leadership

8

杰出的领导能力

优秀的领导者带领员工努力攀越高峰，并采取破釜沉
舟战术，一鼓作气，最终实现目标。

孙子

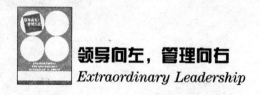
EFQM 的最优模型结构

欧洲质量管理模型 (EFQM) 是一种采用普通的、和谐的评分表的方法，它运用于整个欧洲的公共部门和私人部门，并获得了巨大的成功。英国政府的公共服务部门首先采用这种评分表的管理模式，并且已经进行了 7 年的实践运作，这些机构从中获得了许多有益的经验。这些经验也使得现在的公共服务部门的服务水平得到了很大的提高。在 7 年的实践中，这种管理模式处于不断的监控和评价中，正是通过这种方法，欧洲质量管理模型得到了很大的改进和提高。

实际上，在不到 10 年的时间里，采用先进管理思想的理念风靡于整个欧洲，从跨国公司、政府的主要机构、公共代理部门、医疗机构、学校、警察到研究机构、职业家及小商业公司。为了满足这些部门的需求，这就要求欧洲质量管理模型必须能够体现出优秀的组织机构广泛采用的管理方法和思想，包括不断地学习、提高和创新。领导者将会发现，这种管理模型能实现他们的宏伟蓝图和计划，他们将建立扎实的基础，在这个基础上，提高和创新也就有了可能。在下文中，我们将说明这种管理模型为何非常有用，分析它怎样渗透到组织机构的各个方面，从而使得组织保持竞争力。

欧洲质量管理模型与群策法的五步法和六步法相结合将会极大地提高管理效率，它可以帮助管理团队构建未来的发展蓝图，并找出当前企业的状况与未来蓝图之间的差距。欧洲质量管理模式有九个标准（见图8.1），具体的分析如下：

1. 领导
2. 政策和战略
3. 员工（人力资源管理）
4. 合作者及其资源
5. 流程
6. 关键的绩效结果

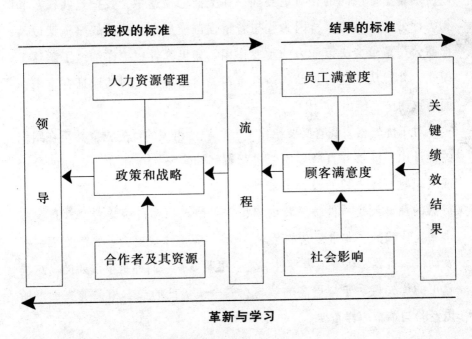

图 8.1 欧洲质量管理模型的最优模型结构

7. 员工结果（员工的满意度）

8. 社会结果（对社会的影响）

9. 顾客结果（顾客的满意度）

前五个标准被认为是"授权的标准"，其余的则是"结果的标准"。以上九个标准在一定程度上相互依赖、相互影响。领导能力的高低不仅影响对"结果标准"的评价，而且还影响对其他所有"授权标准"的评价。那些对提高服务水平感兴趣的组织，可以采用一种国际公认的评分系统模式，并且这种模式能对组织的卓越性进行外在的评价。当这种模式为组织机构带来较高的绩效，或者该绩效超过了以前的绩效或其他类似机构的绩效时，上述的每一个评价标准都被赋予一个权数，以区别各个标准间的相对重要性。在上面的描述中，我把这些权数和相关评分细节省略了，因为我想着重强调模型作为构建战略框架以及提高公司董事会决策能力的重要作用。如果读者想更详细地了解这个模式，并想从中获得帮助，请参考相关网站。这些网站地址在本书前面的致谢中已给出。

对于优先权，我有必要给出一些告诫。组织的优先权（甚至在组织的设计中）能够并且应该不断进行解释和定义。在建立一个新的公司或组织时，优先权的设计更加难以定义。例如，试图决定作出一个飞行器的预算就是一件很愚蠢的事情（一个动力和机械装置，并且是一个相互依赖的、非常复杂的装置）。我们应该注意更为重要的方面——发动机、机翼、机身或者零件装置，很明显，它们都是很重要的。这里真正的优先权在于与更高的效率、安全或更低的成本相关的方面。所以经验与革新一样重要。

领导——成功的基本要素

这个准则评价领导者如何处理任务，如何实现组织的目标，如何获得实现组织目标所要求的各种技能，以及如何通过恰当的行动来运用这些技能，它同样也能评价领导者在运用和发展管理体系时发挥多大的作用。

为了改进和提高组织的目标、管理能力以及文化水平，领导者要采取切实的行动来增强组织的期望和价值观，关注这个准则的焦点也应主要放在领导者所采取的行动上。这就要求领导者要按照上述管理模式中的要求采取负责任的行动，并且在采取这些行动时要讲求效率。例如，领导者有没有亲自参加员工培训以及发展活动，要在多大程度上支持这些活动？

我从一家名叫 BQC 的管理有限公司那里得到帮助。这家公司已经与英国政府内阁办公室签订了服务合约，专门执行"英国公共部门服务评分计划"，并提供管理咨询。我得到这家公司的允许，从布莱特 (Bratt) 和盖拉切 (Gallacher) 那里借鉴了下列问题。这些问题可以促使执行团队或管理团队在使用欧洲质量管理模型、制定战略以及寻求发展空间时对相关细节进行慎重地考虑。对于其他的标准而言，管理者也能从相关的问题中得到一些提示。当然，这些问题本身和九步法一样也是相互关联的。我们应清楚地看到，卓越的领导者对制定企业方针和战略、对员工、对管理、对资源的使用、对合作关系以及对确认和改进当前目标的关键环节都有着非常重要的影响。现在我们将把注意力放在领导者特别关心的一些问题上。我相信，这些问题的广泛性将会有助于人们对非常复杂的组织体系进行彻底完整的分析。

可以用来评价领导者能力的一些问题

思考下面的一系列问题将会对你和你的管理团队大有帮助：

—领导者如何促进员工实现组织的目标？

—领导者如何获取实现组织目标所需要的各种技能，通过何种方式和行动来运用这些技能？

—在发展和运用组织的管理体系时领导者应采取何种方式亲自参加这些活动？

提示：这个准则里"领导者"一词包括在组织的所有层级上拥有组织管理报告的人员。

领导者不仅要制定组织的目标，统一组织的价值观以及构建组织的未来蓝图，同时还要树立代表先进文化的楷模

- 领导者应采取何种方式参与制定组织的目标、统一组织的价值观、构建未来的蓝图以及为其他人树立楷模？

- 领导者的切实行动是否增强了员工的价值观，是否起到了为其他员工树立模范的作用？

- 领导者怎样以身作则，怎样对自己进行客观的评价？

- 领导者是否亲自参加组织为他们安排的培训活动？有多少领导者参加？在多大程度上、多大范围里参加了这些活动？

- 领导者是否亲自改进自己的工作，其他科室的员工是否能看到这些改进工作的活动？

- 领导者是否专门利用一些时间和精力来做一些提高工作效率的活动？他们是否亲自参加做这些活动，而不是使用一些专家？

- 领导者是否参加了诸如制定目标、提高工作效率以及评价业绩的活动？

- 改进工作所需的预算资金是否从领导层拨给了员工？领导者是否充分利用了自己的预算资金？

- 领导者怎样面对来自实现组织目标的压力，怎样激励员工参加提高工作效率的活动？

- 领导者如何促进员工进行革新和发扬创造精神，对员工授予哪些权力？

- 领导者对于学习的重要性给予何种程度的关注？

- 领导者对组织内的合作给予怎样的重视？

- 他们怎样收集员工对他们的领导风格所做出的评价，怎样利用这些评价来改进他们的工作（例如通过 360 度评价方法）？

领导者需要亲自制订计划，并不断发展、运用和改进组织的管理体系

- 领导者是否识别出竞争在改进工作中的重要作用，并在发展员工的过程中引入竞争机制？

- 怎样构建组织机构，使之能有效地传递领导者制定的战略？

- 怎样系统地运用管理体系？

- 组织中负责各项工作的员工是否已经全部安排到位？

- 领导者怎样恰当地设置一个目标体系以用来发展、运用和改进组织的战略？

- 领导者如何制定步骤，以实施促进员工发扬创新精神的计划？

- 领导者应该采取哪些切实有效的行动来评价和提高组织的管理水平？

领导向左，管理向右
Extraordinary Leadership

领导者应与顾客、合作者以及社会中其他一些领导者相互合作，建立友好的关系

- 领导者应采取何种优先次序来对待不同的顾客群？

- 对待关键顾客是否采取了合作性的战略，有没有领导者参加并指导这些战略活动？

- 对待其他组织团体是否采取了合作性战略，有没有领导者参加并指导这些战略活动？

- 组织内的员工是否相互合作并互相帮助，或者只是埋头做各自的事，例如，销售部门只顾满足顾客的需要，采购部门只顾采购原材料，两部门间互不联系。

- 与顾客和合作者之间保持沟通是否提高了工作效率，或者这些沟通是否只是告诉我们早已熟知的需求？

- 为了使企业的经营更成功，领导者是否在部门外采取了一些方针和政策？

- 在部门外，领导者为了使经营更成功，他们采取了哪些方法，例如：

  —与组织内其他的部门交流以及帮助其他部门培训员工；

  —与其他一些组织团体以及组织所在地的一些部门保持联系；

  —与供应商和顾客经常进行交流，并帮助他们解决困难；

  —组织跨部门的员工队伍，以寻求设计得更好的业务；

  —在组织外的公开刊物上发表文章。

- 领导者在一些组织团体里的会员身份是否能帮助本组织更好地开展业务？

- 领导者怎样积极地参加社区活动？

- 这些外部的工作及活动是否已成为组织内正常管理工作一部分，或者只是与正常管理工作无关的附属物；

- "不断提高，追求卓越"的经营方针是否已被外界（例如顾客、工业商、公司股东）广泛知晓？

领导者应鼓励、支持并认可员工的工作

- 领导者应怎样与员工打成一片？

- 他们应该如何与员工相互交流？他们有没有专门抽出时间聆听顾客的心声？

- 领导者应该如何向员工清楚地表达出公司的发展方向以及员工应该如何为公司作出贡献？

- 领导者应该如何帮助员工，促使他们对公司作出更多的贡献？

- 领导者应该如何向员工表达改进工作的重要性以及采取哪些具体的方法改进自己的工作？

- 在评价员工的工作业绩时，领导者是否把员工改进工作、提高工作效率作为一项考核指标？

- 领导者在提升员工时，是否把员工改进工作、提高工作效率作为一项评价标准？

- 在评价员工和团队的优秀业绩时，领导者采取了哪些方法和步骤？

- 对于业绩优秀的员工，公司是否像对待其他类似员工一样给予同样的奖励制度，例如，对实现个人生产率目标的奖励？

- 在公司认可工作方面，公司对组织工作的认可应具体体现在哪些方面？是否对与团队相关的任何价值观都给予支持？

- 领导者是否都要对员工和组织的工作给予认可，或者总是由几位领导者对他们的工作给予认可？（是否有更好的方法？或者是否应该让领导者自己决定这个问题？）
- 在认可员工的工作方面，领导者是否得到了一些指导和培训？

我想我们所有的人都会同意，招聘到那些能真正解答上述问题的领导者是特别重要的，如果他努力去解决这些问题，那么，他将是一位非常杰出的领导者。很明显，上述问题只是试图描述一个完美的管理方式。但是我们必须知道，这些问题不仅仅来自于理论，更重要的是它们来自于国际公认的最好的管理经验。如果采用这种模式对组织管理水平进行评分，那么能得到 50 分就已经是比较理想了。一般的公司需要花费 7 年的时间才能达到非常优秀的管理水平。如果一个企业花了相似的时间，并做出了相当的努力，那么，得到 75 分还是很有可能的。从这个角度来看，领导者要想使组织获得高分的话，可能会面临很大的挑战。

正如彼得·圣吉所说得，理性分析不能替代宏伟蓝图，但是它可以帮助人们构建一个未来蓝图的框架。如果没有这种理性分析，那么，要想设计未来蓝图就会遇到很大的困难。我在刚开始时就已经推荐过这种理性分析方法。为了构建一个较长时间（比如五年）的宏伟蓝图，我们就有必要作理性分析，这可以自然地让那些领导者对上面的问题进行思考，以帮助他们提高自己分析问题的能力，提高组织的管理水平。如果你不能够设想出你所领导的企业在五年后应具有的竞争力，那么，你必须扪心自问一下自己其原因是什么。你同样要对企业当前所处的环境、业绩目标以及服务方式做仔细的分析，并对此有一个综合的了解。将企业五年后所需要的竞争力和当前企业所处的状况作一个比较，找出要弥补的差距，并对未来可预知的困难程度作出评价。我想，对于一个努力运用领导方式指挥员工实现战略目标的保守管理者来说，如果他要想了解未来将会遇到的挑战，那么，上面的预测方式对他们将是非常有用的。一般来说，根据前面的九个标准来分析上述问题，我们会发现 100~150 个可改进（或者根本的改进）的工作领域，也就是说，对每个标准作出评价后，我们将会发现大约有 15 个因素影响工作效率。必须对这些因素（或它们中非常重要的几个）进行分类，并且把它运用到公司的关键工作领域以及公司的整体战略目标中。在制定战略计划时，通过专家和管理者的战略分析或通过其他的方法，我们同样会发现这些重要的因素。在随后的第 10 章里，我们将对制订具有重要意义的商业计划的综合设计过程作出完整的描述。

使用"雷达"（RADAR）导航

（"雷达"为欧洲质量管理模型的一个注册商标）

1999 年推出了改进后的欧洲质量管理模型，介绍了新的评分模型——"雷达"模型，以供各类机构改进管理水平使用（通过将自我评价纳入内部经营管理体系，或通过外部评价来提高效益）。不管经营人员是否愿意采用这种方式来评价他们的业绩以及服务水平，在领导者监督和评价他们组织的发展时，这种改进后的新模型对他们会很有用。

由欧洲质量管理模型和英国政府内阁办公室共同制定的组织准则，给我们提供了非常有用的指导及管理经验。这些都是被世界广泛认可的最好的管理经验，它可以为组织起到示范和带动效应。这些准则就像明星一样发挥着非常有效的示范效应。

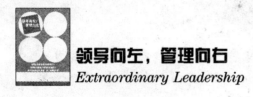

这些准则规定了组织的需要：

- 为了有效地实现顾客和股东（如公司员工、其他股东）对企业的期望，企业必须清楚自己所需要实现的目标。对这些目标的分析具体包括：市场发展趋势分析、目标顾客分析、竞争对手分析、影响销售的因素分析以及市场定位分析。运用技术图表（可能通过顾客增长率和市场渗透率等相关指标）进行分析，可以估计出顾客的潜在需求以及顾客的潜在数量。

- 采用适当的方法引导企业实现目标。在实现目标时，要时刻牢记关注九个标准间协调一致的重要性，特别是"资源"这个标准。采取的方法必须有效（已被证明能实现目标），同时还要具有兼容性（与实现其他标准所采取的方法相兼容）。

- 确保这些实现目标的方法被有组织地、有系统地进行安排以及被广泛地运用。在采取上述原则运用这些方法时可能还会遇到一些困难，但我们仍然要坚持上述原则。

- 评价这些方法对于促进企业实现预期目标起多大的作用。随着市场的迅速发展，许多企业用现代的市场运作方式代替传统的营销方式，因此，上述评价的周期也变得越来越短。在这种情况下，只有不断地评价、改进、提高才能保证企业有效地运作，并提高竞争力。对整个企业的运作进行评价就像每年一度的汽车安全检查（像英国交通部的汽车安全测试），检查一下汽车是否依然安全，汽车的各个部件是否依然处于良好的运作状态，而以上所述的评分表就像汽车里面的各种仪表。

管理方法需要不断地革新，这是非常重要的，那些认识到这一点的领导者，对上面最初介绍的管理方法的增补知识特别感兴趣。这些领导者不断寻找影响工作效率的因素，以及由这些因素所导致的结果，寻找那些已过时的管理方式，这使得他们能不断地向自己提出一些恰当的问题。在后面提出的解决问题的方式中，将会叙述领导者如何对各个工作顺序进行安排，这一点我们可以从书中前面的叙述中看到。找到问题的答案才完成了任务的一半，而确定任务的优先顺序，则对于构建未来的不确定性与实现目标的桥梁起着关键性的作用。而这条通往胜利的桥梁可能在风中摇摆不定，这就需要你有卓越的驾驭和领导能力，保持平衡并采取有效的方式才能到达成功的彼岸。在这个过程中，你会逐渐增强信心，然而，这些信心不仅仅来自于卓越的领导能力，更来自于你对企业价值观以及对未来蓝图不懈追求的过程中，同样，你的能力和信心也会在经历企业所有的变化和动荡后得到增强。

图 8.2 表明，不管你是使用欧洲质量管理模型，还是采用其他的评价方式，你都可以非常简单地在图中找到九个标准中的任何一个。不论你使用哪一个标准，你都会快速地发现，优秀的业绩依赖于每项工作完成的方式。改进战略的执行方针对实现目标将很有帮助，而对着员工大喊大叫，督促他们努力工作，结果往往会适得其反。

最后，由于不同的人会采用不同的方式使用评分表，这可能会使图的边缘出现一些灰色区域，即重叠区域，例如，内部处理过程的方框内可能包括顾客环节（比如处于银行收银员环节）。实际上，这些就是表现顾客满意度的先行指标，因此可放在上述方框里。这就表明，了解这些灰色区域比正确地找出具体的方框更重要。你可随心所欲地使用图中的模式，而没有必要约束你自己。

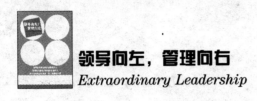

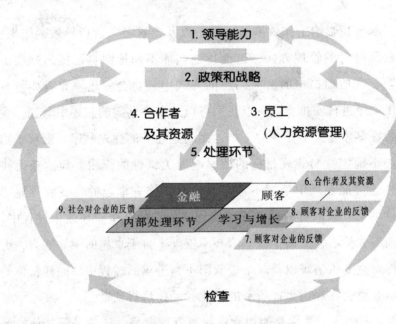

图 8.2　结合平衡记分卡和 EFQM 最优模型的结构

9

紧紧抓住环!

领导者带领员工去他们想去的地方,而伟大的领导者
却带领员工去他们不想去、但应该去的地方。

罗沙琳·卡特
(Rosalynn Carter)

领导向左，管理向右
Extraordinary Leadership

产生焦虑

　　焦虑存在于人们的心里。如果组织结构的变化是由领导者强制实施的（这可能是一些员工的观点），而非员工自愿的，那么，即使组织的领导者对未来具有敏锐的洞察力，员工的焦急和忧虑程度也会增加。大多数人对强制性的变革持否定态度，他们会给出许多"它不适合"的理由。他们可能感觉自己被牢牢地拴在现今所做的事情和方法上，以至于他们不能理解组织变革的原因。在许多可以信赖的、具有良好道德的公司或组织里，这种情况更为糟糕。我们很幸运地成为大多数所谓发达国家中的一员，因为在这些发达国家中，组织是规范的。在以利益为导向的地方，权利和职位的滥用就非常严重，这就为贪污腐化提供了可乘之机。由此，我们可以很容易地明白，那些尝试性的变革是如何失败的，那些即将成为改革设计师的人是如何身陷危境的。不幸的是，在一些发展中国家，像腐败这样的灾难则是地方性的。它既存在于公共部门中，也存在于私人部门中。在一些国家的私人部门里，作为一名销售员，如果不给那些有权有势、且握有订单的人一些回扣，那么，最终得到订单简直是不可能的。

随着组织结构变革方案的出笼，人们也许会心知肚明地陷入沮丧和挫折中，并试图保护自己所占有的一席之地，否则，将会遭受更大的损失。面对如此大的挫折，他们感到自己好像在用一根小小的木棍去移动一块大石头，一开始就在做无用功。电子商务由于拥有诸如"赛马战 (turf wars)"这样的新版本从而占有了一定的市场份额。莫达尔为那些陷入"渠道冲突"(channel conflict) 的企业指点迷津，而渠道冲突的一个例子就是，利用因特网而发展起来的新的直销方式使现存的分销商感到了威胁，并产生了焦虑。

解决不平衡的问题

当考虑员工或合作伙伴会对一些不平衡的问题作出某种反应时，关注一下一些组织在过去对紧张局势的处理经验，这会对组织很有帮助。除了提供一些具有历史意义的东西外，还突出表现了领导者在面对压力（或焦虑）时如何进行自我调整，以及如何对组织结构进行有效的控制。正如人们在对正式音乐旋律配合法作出反应时能够预见到伴奏一样，一些组织也能对现行的正式文化压力作出反应。因此，在一定程度上，这些压力是可以预见得到的。一些新的或尚未建立工会的组织，由于没有经历过 1970 年旧式工业过程，所以，在这种环境下就没有"双赢"合作的经历。即使在有过这种经历的地方，这些全新的、创造性的想法对组织来说也是必不可少的。这可能必然要涉及处理现存的营销渠道问题，以帮助他们达到技术系统所规定的补充要求。

像机能失调那样所表现出来的主要障碍或精神障碍到底是什么呢？当然，这需要我们很好地加以研究，况且它们已被哥得汉姆 (Guirdham)、卡努（Carnall）等人讨论过，他们所谈及到的那些为维护每个人的自尊所需要的洞察力和建议，对经营者——不仅仅 MBA 的学生，还有人力资源管理者和不幸将承担这些工作的受训者来说，都是极其有用的。

泽思尼克认为：那些处在领导职位上的管理者们所崇拜的对象，实际上是职业经理们所共同持有的世界观，这个世界观实际上是一个被操纵的机器及其操作系统，特别是在那些特权阶级中，它能使管理者控制人们的行为。如果这种控制行为不会涉及人们的利益关系，那么，它同样也不会损害组织的最大利益。为此，翟尔思耐克着重强调了满足的需要、归属感的需要以及自我的需要。

在很久以前就被马斯洛 (Maslow) 描写过的基本需求，直到最近才在平衡记分卡中被发现。如果这些基本需求不被提供和鼓励的话，如果管理仅仅考虑的是人们的最低需求，并且把人仅仅看做是方程式中的一个变量——股票价格的话，那么，这个世界观最终将被认为是失败者的世界观。然而，若发生此事，能力强的领导者必将涉足此事，并且向管理者传授一个新的范式，以及与社会发展过程有关的知识。而此发展过程显示：只有那些位于特权阶层中的极少数人，才被人们认为他们会为大多数人考虑最大利益。一些人可能要说，如果这件事发生在他们的组织中，那将确实非常地卓越，但大多数组织要实现这样的目标还要做出很大的努力。

我们正在谈论谁感到焦虑

最近，一位报纸专栏的作家评论一家公司，其原因在于，公司在解雇了大约 2000 名工人后遇到了这样的怪事：他们的季度业绩仍没有达到股票市场所期望的要求。这位评论员正梦想着有这么一天，一位首席执行官（CEO）站起来，不对分析家说，而是告诫管理者，经营不能只注重解雇工人，而应该关注如何满足市场的需求，从而使其市场份额每年增长20%，并能保持下去。这样，此公司才能长期保持赢利状态，并仍可有10%的年增长率。但这位记者意识到这种希望极其渺茫。

象 征

公司的统一就象征着强有力的文化整合。例如，有两家想要合并的公司，它们正在积极寻找各自新的合作伙伴，而没有考虑文化的整合，最后的结果却适得其反。下面是一个关于一面州旗的例子，没有任何事能比这件事在这方面表现得更加明显和陈腐。最近，在密西西比州(Mississippi)，人们发现大多数市民非常热情地想要保留一面州旗，从而极大地冒犯了一些白人和几乎所有的非洲籍美国人，因为他们把它与美国历史上的南方反叛联盟、种族歧视以及它所代表的人权虐待联系在一起。尽管人们认为那是时代的错误以及是由"Dixieland"（美国流行一时的爵士乐之一种）所留下的痕迹，但是，来自其他地方的人可能会误认为可以随意地滥用权利。其实这种认识是错误的，因为这面旗代表的不仅仅是思念故乡和尊崇传统，而且还具有更深层的含意。

权力和影响力

介绍重大变革必须要涉及权力的合法使用问题。虽然可能已经制定了具体的战略，但必须预先调整要前进的方向。领导者的权力基础越牢固，他们努力后能够影响的人就会越多。假如人们相信，为了组织的利益，他们抓住了问题的本质并经常进行检查，那么，就目前的情况而言，这是正确的，因为经常会出现这种情况。其实，这是关于管理期望 (managing expectations) 的问题，只要人们心理期望平衡了，那么，人们就会愿意接受领导者的影响力。斯特斯（Stacey）说明了在这种情形下（像其他的情形一样）平衡的必要性。对此，他简明扼要地概括如下：新的平衡处于原有的平衡和变化的平衡之间，而原有的平衡是由权力、势力范围以及我们所发现的权力的重要性等因素所形成。

我建议，通过卓越的领导，影响力的本质及其作用能够进一步促进所有重要的、必需的学习。在这里，领导者有责任营造一个非常良好的环境，以促使此事发生。当然，对人们来说，这是一些难题或是自相矛盾的事情。在这些难题或自相矛盾的事情里，人们必须学会抑制焦虑，而焦虑是由于快速而又持续的学习所产生。

在这件事情中，虽然失去了平衡，但信心仍然存在，恢复平衡以及信心的责任将落在领导者的身上，这需要领导者必须经常不断地学习。我们都必须从经验中学习知识，但是我们不能提前知晓组织的许多重要决策结果。我们能够从实验课中学到，通过系统模拟比赛来压缩时间和空间，从而应能摆脱时间和空间的限制。在许多情况下，以上这些实践性活动可能对于风险分析以及决策分析有重大影响。即使在瞬息万变的电子商务世界里，这些活动也能证明其价值所在。但在结束的时候，好的、本能的方向感以及信任的勇气，很可能像昂贵的模拟器那样对学习起很好的作用，并且能够运用你所提供的任何数据工作。正如我在工具书中所建议的那样，我相信，航海助手天生所具有的能力与其他任何事物一样，能够为未来提供稳定的作用。

紧紧抓住环

我相信那些更为普遍的、必不可少的事情是，领导者能给员工们留下一个深刻的印象，以便使领导者能够抓住连结确定事件和不确定事件之间的、强有力的绳索。一方面，这个鼓舞人心的确定事件是由好的绩效管理和全面质量管理所产生；另一方面，那些令人不安的不确定事件是由主要变化因素和新的或刚出现的战略所引起。第 4 章所得出的观点能够促使领导者想象：向着这个可操作的原动力系统扔一个环，然后，再紧紧地抓住这个环，就像我在第 1 章中所指出的那样。通常而言，假若人们能看到，或至少是感觉到，某些人正在积极寻找在管理不确定事件过程中所表现出来的卓越的领导，他们将准备为能产生更好绩效的普通管理所做的适应性工作承担责任。

学习型组织或教授型组织的重要性

学习型组织代表组织文化的重要演变，正因为如此，学习型组织的出现需要一系列新的领导能力。这就像已经被证实的彼得·圣吉在工作中获得成功一样，那些已经对能力的发展作出贡献且具有一定价值的理论——知识体系——已经被人们很好地接受。但还需要一张"地图"和一个"工具箱"，它们可以促使组织中的领导者推动这一过程的发展，并满怀信心地做一些能够鼓励员工的事情。我相信画这张图画可能是大家共同的责任，每个人都会把自己看做是能够教授或指导其他人关心他们所发现的有价值事情的人，这些有价值的事情其实就是他们多年来精心保管的"天然金块"。

领导向左，管理向右
Extraordinary Leadership

如同我在内容简介中所提及的那样，诺埃尔·提启在他的参考书中提出了这样的方法：智囊团中的技术人员经常向他们的同事教授最新的、容易被学习的、适宜的生产技术。无论他们处于什么水平，但作为一个整体的团队来说，这是最快的一种学习方法，这种方法至少可以确保他们的生存。关于这个智囊团，我的亲身经历首先告诉我，没有一个人能成为或者应该成为全能专家。小的、有效的团队通常是由那些具有不同技术等级且受过高级培训的专家组成。成员们必须在许多领域努力地学习（这正如一些领导者在任何环境下都要具备迅速的学习能力一样），但是，当处于危境的时候，职位权力却没有专门技术知识那么重要。年轻的或最新加入智囊团的成员经常屈从于那些级别较低的人，这是由于在这样的组织中，专业技术知识只有在企业危机的情况下才会被使用。在任何情况下，真正的或被认为的权威都不会由于专业技术知识的存在而有所减少。事实上，在做这些事情时缺乏准备会减少他们与同事间的信任感，这也决定了他们不会干这个工作很久。

运用权变领导来适应环境

1940 年，人们首次认为，领导在特定的环境下应该是具体的。领导者的筛选以及需要什么样的性格是由具体情况决定的。作为获得极大成功的《一分钟的管理者》(One Minute Manager) 系列丛书的作者，凯恩·布兰查德 (Ken Blanchard) 最近向人们介绍了有关被他称之为"权变领导" (situational leadership) 的管理方法，权变领导事实上就是原创思想的进一步发展，该思想表明，面对新挑战的团队或群体将要经过四个可预见的阶段：形成期、迅速增长期、标准化期以及行动期。布兰查德提出一个有关这个创新理论的极具吸引力的、补充性的且极其复杂的思维模式，即建议领导者在团队发展过程中的每一个阶段都要调整他们的领导方式，以适应组织的不同环境（以及生产率）。

团队发展的阶段

在刚开始就面对一个新的挑战（也许刚刚组建一个新的项目团队），或在理解力方面存在问题时，群体会非常热心地、诚恳地、乐观地并准备从他们的领导者那里接受组织的高层发展方向。在这个阶段，生产率将被看成是原始的激励力，这是因为新的团队从"绿色领域"(green field) 的环境向新工作的环境转变。然而，如果要想成为一个高绩效的团队，他们仍然需要很大的努力。

由于这个群体努力地寻找适宜的方法，并全力应对新的、不熟悉的挑战和关系，因此，压力的增加、理想的破灭都是常见的事情。当生产率显著下降时，群体需要得到许多鼓励，这是通过领导的指导而得到的。

接下来，这个群体就像团队那样开始运营。他们将开始学习并尊重对方的力量，容忍并支持团队成员的缺点。他们将开始制定出最好的方式来有效地管理各个阶段，这样他们就变得更为自立。他们需要领导者的鼎力支持以及较少的干预。当团队和个体的绩效得以改进后，生产率也将会得到稳步的提高。

最后，这个工作群体将把自身凝聚成为"高绩效的团队"(high performance team)，这个高效的团队为了实现组织的目标将实行自我管理。对此，领导者必须安全地把权力授予这个具有较高自主能力的团队，但如果出现严重的问题，那又该怎么办呢？

布兰查德的方法既简单又高雅。他建议，领导者必须调整他或她的领导风格，并使领导风格适合于以下情况，即团队成员的思想状态不佳、团队的信心不足、团队的业绩或生产率下滑，这些都是由于成员的思想焦虑所引发的后果。他对此作出预测，处在困境中的团队，其业绩下滑也要经过与发展过程同样的阶段，相应地，授权行为必须得到更多的支持、更多的指导，甚至领导者为其指明方向（如果必要的话）。换句话说，领导者必须对环境敏感，并具有灵活性，在任何时候都能够判断团队在发展过程中所处的位置，据此调整他或她的领导风格。这个理论简单明了，它也反映了许多人的经历，并且在团队制订计划的过程中，培训者可以把该理论看成是可用的模型。事实上，它是阿代尔简单模型的扩展，并且它率先提出了"学习型组织"(learning organization) 的概念。由于整个组织处于日益复杂的运作环境中，因而企业 (以及生命体) 是一个巨大的变革项目，就必须不断地学习，以便具有更大的灵活性。像老师和教练一样，通过有效的领导，组织的学习能力也就得到了提高。

然而，我这里有一个忠告：我认为，布兰查德并没有这样认为，在所有的这些理论中，领导者起着负面作用，这和我对他的理论作简单描绘所暗含的意思一样。对整个组织进行指挥、指导、支持以及授权一定能起到积极的作用。尽管在必要的时候领导者必须要做这些事情，但这些行为并不是对新环境作出反应，也不是对雇员不安作出反应。我相信，我们谈论所需要的新的领导能力可能要比谈论领导风格更多。处理在领导他人过程中所出现的复杂情况也是非常的困难，这些复杂情况可能就是在不同的发展阶段所出现的一系列变革项目，而处理这些问题既是卓越领导者的工作，也是他们的责任。

处理好以上问题将会产生可观的收益。让我们考虑一下，发展一

个 "学习型组织文化" (learning organization culture) 的过程将会获得什么 "产出"。所有的 "利益相关者" 有必要把发展 "学习型组织文化" 看做是潜在的收益。如果朝着既定的目标前进被认为是可管理的、可理想地被用作基准测试的标准，那么，"利益相关者" 的参与以及 "所有权" 的确认将是必要的。

学习的潜在收益——指导型组织的 "10 个 C"

1. **自信** (Confidence) ——要相信这样的知识，即适宜的领导风格能为组织绩效的改进提供一个合理的、平衡的以及整体的方法。

2. **清晰而又可持续的目标和发展方向** (Clarity and consistency of purpose and direction) ——为变化的战略（包括新的电子商务的发展）发展一个共同的愿景，并且寻找方式来使共同的愿景变成有效的行动。相信指南针而不是地图。

3. **通信工具** (Communication tool) ——通过组织和所有的利益相关者，通信工具能在所有可能的方面帮助领导者交流变革愿景的信息以及潜在的收益。

4. **制定迅速获胜的战略** (Creation of ´quick wins´) ——管理者将会知道如何为（而不是仅仅希望他们发生）这个战略作出计划，以及如何认识、奖赏那些在组织的所有层级上帮助制定迅速获胜战略的人。

5. **关心** (Caring) ——通过人力资源发展政策与战略来增进员工的满足感，这是通过委托和授权行为来达到预定的目标。

6. **关注顾客** (Customer focus) ——是认识到有效服务递送的重要性，以及了解如何使服务递送作为战略和运营过程的核心。同时，也是对公司网络营销战略——这个全新现象的认识。这个全新的公司网络营销战略能够影响消费者的行为，而不是影响消费者周围的其他事物。这些战略的制定部分依赖于新收集的数据/仓储技术以及技术工艺调查。要记住，每一个顾客都是同样有价值的顾客，无论他们是传统型的顾客或是技术型的顾客。

7. **原因和结果的联系** (Cause and effect linkages) ——学习如何监控和评价绩效改进的最初动力、基准测试法、组织发展趋势的识别、学习结果、特别是那些与顾客相关的事件，所有这些都能为公司增加价值。

8. **从不断改进中继续学习** (Continuous learning from continuous improvement) ——不断地改进能够继续学习，其结果又能导致不断地改进——如此下去，形成良性循环。

9. **公司的国民待遇** (Corporate citizenship) —— 既能够增进社会公众对组织的理解，同时又能够提高公司的既得利益，通过因特网还能够为私人组织和公共部门提供史无前例的发展机会。

10. **可信度** (Credibility) ——巩固公司的利益并保持公司的推动力。

在设计这一过程中，最重要的一步就是要把适应性的工作让那些能在挑战中取胜的人承担，因为这些人通过好的领导，其自信心能够得到有效的增强，从而提高效率。当人们不断地看到在做这件事而不是简单地处理各种变化，或者当人们感觉到威胁存在时，公司将会获得明显的收益。这个先进而又悦人心意的范例将成为下一章的主题。

10 观念

好的领导者能使员工感到他们置身于事物之内，而不是事物之外。每个员工感到他或她对组织的成功作出了非凡的贡献，当这一切发生时，员工感到自身的重要性，同时也感到工作的意义。

瓦伦·贝尼斯
(Warren Bennis)

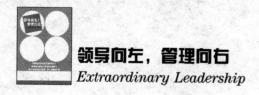
领导向左，管理向右
Extraordinary Leadership

必要的进步

前一章解释了为什么领导者需要建立一个学习的环境，在这种环境下员工能够对工作负更多的责任，这是变革所需要的。特别是，管理者和员工必须在独立承担义务方面取得进步 (这与布兰查德在他的权变领导模型中描述的方式相似)。他们通过共同的愿景、指导、授权和学习来做到这一点。

进一步来说，这一过程需要领导者来领导，他们的职责就是行事，这已经被广泛地接受。彼得·圣吉曾引用一位知名的首席执行官 [Hanover 保险公司的威廉姆·奥本伦 (William O'Brien)] 的话：

> 如果这种类型的组织被广泛地接受，那么，人们为什么不去建立这种组织呢？我想答案在于领导，人们没有真正地理解建立这种组织的必要性。

圣吉继续说道，在学习型组织中，领导者的角色与超凡魅力的决策者的角色不同，这种决策者不能以他或她的方式建立起学习型组织。他建议，要扮演新的领导者角色，就需要设计技能、传授技能并管理技

144

能，以便好的未来愿景能够激励员工和组织，从而使其从不确定性的并且是不利的困境中摆脱出来。汉纳斯（Haines）也赞同这个观点。他建立了一个有效的领导三角形，在这里起重要作用的是那些培训者、教练以及提供便利的人。在此列出的这两个领导模型与仅仅把问题解决好以摆脱不利困难的领导模型是有差异的（然而，以解决问题为风格的领导者仍然担心未来的不确定性）。然而，圣吉也并没有暗示，不努力地工作或者不作出承诺而只依靠工作的愿景或者鼓励别人作出决策是不够的，这是圣吉引用奥本伦的话。

丰富的知识和推销术?

为了强调这一点，海菲兹和劳伦斯认为：

> 流行的观念认为，领导要有一个愿景，并按照愿景的要求把员工组织起来，但这一行为经常失败，这是因为领导继续把适应环境当作技术性的问题来对待，即权威人物被认为是神圣的，公司的发展方向应该遵从于他们，并且员工也应该跟从他们。领导简化为丰富知识和推销术的结合。

他们继续说道，领导事实每天都在发生，领导者不只是处理手头的一个问题。

关于这一点，我引用戴维尔（Devil）的观点，有人怀疑许多经验丰富的从业者所说的话："这一切太奇妙了，如果把圣吉教授和海菲兹教授置于一个有问题的汽车制造厂的首席执行官的位置，或者是在一个破产的发展中国家民事服务机构的领导者位置上，我们能否看到他们把不切实际的想法变成了有用的实践。"这种事情也许没有紧迫感，更不用说要制定愿景了。没有什么东西像愿景一样，因为对于愿景可能还没有达成共识，它也可能没有得到足够多的交流。那么，如何对"设计者—教师—员工"或者"培训者—教练—助手"进行角色模拟？他们如何处理手头的不同问题？

他们首先必须要做的事情就是理解现行文化——范式，即人们处理周围事情的方式（也许总是有事情要处理）。这将毫无疑问地证实，当前现实的一个最重要的方面就是引导组织脱离等待的状态（当然组织本身并不很急切）。现行的范式也是妨碍创新的最大阻碍。当人们发现他们的利益受到威胁时，就会设置各种障碍，因而它是最大的障碍。

在处理手头的不同问题时，如果人们没有意识到这个问题有多么地不切实际或者更为糟糕，如果人们发觉这是有害的或者威胁到他们的利益或者领地时，领导者有可能成为众矢之的。因此，尽管领导者制定出的决策（为了建立愿景）遭到否决，但是它仍然在新的计划中起作用，他也许会发现，某人（或者是某个集团或者是约翰·科特所指的指导联盟）必须提出有效的建议（或者就组织愿景以及实现它的过程达成一致意见），以促使工作向着正确的方向发展。缺乏紧迫感地做一些有远见的人认为是必要的事情是当前现实的一大特征，进而，这将是任何变革计划失败的一个可预见性的原因（就像科特所指出的那样）。如果他（比如说一个领导者或者是公司的领导团队）没有作出有效的决策来制订变革计划，我就不能理解，为什么这个观点里还有一些不正确的政治事物或者是时髦的东西。

根据这种决策所做出的行动必须在开始时就产生紧迫感，然后决定"推销"更好的未来的愿景。这个愿景也许是由特别聪明或者是有远见的员工提出，而没有必要由领导者提出来。如果领导者没有能力和想象力看到问题的重要性和紧迫性，他也不能对潜在的问题设计出解决方案，那么，他就不是一个称职的领导者。合适的创新环境以及授权环境的存在当然就是变革的关键因素，营造和发展这种环境本身就是卓越领导者的重要组成部分。

决策，再决策

在第 6 章中，我引用了阿里思戴尔·玛特对决策过程的描述，他认为决策是"及时决策的分解学"。他暗示，在一定的情况下，领导者经常凭借自己的直觉行事。

在这里，解决问题的技能不仅仅是指努力地解决不令人满意的当前现状，而是要加强计划，突出重点并实施全面的绩效改进，或者是对电子商务进行全新大胆的投资。在这两种情况下，要把这两种解决问题的技能结合起来，以形成我们在第 8 章中所提到的卓越的领导能力。如此做相应地会在可预见的未来产生巨大的、可以衡量的进步，以及组织在进行领导和制定愿景时增强信心。的确，不论如何定义哪个过程，这对于绩效的改进都是至关重要的。即使是所选择的方法、所运用的领导行为以及领导者的决策过程，这些本身都会是执行管理团队进行评价和自我评价的主题。

变革的方式或是变革的范式都是通过项目管理团队的自我评价，以及改进计划的绩效管理系统的部分流程来实现的，这就给领导者提供了处理绩效管理和不确定性管理的方法。为了使每个人都融入到这一过程中，他们必须学习彼得·圣吉在其著作中描述的系统思考以及把握"创造性压力"，这是非常必要的。

变化的范式

我了解许多有关范式的变革，我使用这些单词似乎就意味着我们的理解是一致的。斯蒂芬·科威建议，彼得斯和沃特曼合写的《追求卓越》(In Search of Excellence) 一书在美国和其他国家的管理界引起了轰动，那是因为其思想的提出适应时代的潮流。他继续建议说：

> 现在是个人和公司的绩效能发生质变的好时机，是向好习惯转变的好时机，是在模式方面发生重大变革的好时机，而不是像过去那样简单地把业务去除掉。

如果产生和维持高绩效的文化确实是"是什么" (what) 的话 (它描述了新的范式)，那么，"如何做" (how) 又是什么呢？你是如何变得更有效率呢？对于科威来说，解决办法是要有革新的观点，并且需要一个完全能够改变人们的参考框架，或者是持"全球观念"。他建议道，所有的重大突破都应该打破旧的思维方式：

> 我已经发现，如果你想缓慢地改进绩效，那只需要改变你的态度和行为就可以了；但是，如果你想在主要方面得到质的提高 (当然，我的意思是动态的、革新的、转变性的方面)，那么，不管是个人还是组织都必须改变参考框架，改变你对世界的看法、对人的看法、对管理和领导的看法，改变你的"范式"，即你对某些现实方面的理解和解释。

当提出新思想的时机成熟时，如果科威的话是正确的，那么，考虑一下领导者卓越的程度，或者领导者需要什么技能而变得卓越，这是非常有趣的。这需要提前作出预测，并且形成像彼得斯和沃特曼在《追求卓越》一书中所提到的能够交流的愿景。具有这种远见的目光能激发领导者产生紧迫感，从而使他们清楚自己要和别人交流什么。汤姆·彼得斯在他的著作中成功地强调了紧迫感的作用。情况总是复杂的，当不可预知的问题不断地出现时，即使是最有远见、最有洞察力的人也被证明是不完美的，或者是有瑕疵的。在这种情况下，只有依靠直觉和分析来作出决策，利用反馈的信息来建立应对新的挑战的学习型组织。

在理解当前范式的过程，我认为非常必要的是，一个人不应该陷入"单一完美方式"(single best way)的思维模式，这种模式不在我所提出的范围之列。正如我们现在所看到的，最好的实践和革新的技术为不确定的环境提供解决方案。在此书中，我认真地挑选出我认为能够经得起时间考验的模型和技术——至少现在是这样，它们能帮助领导者识别出改进组织绩效的革新性的新的方式(给定当前范式的情况下)。同样，以真实的方向感为基础，它们也能够帮助领导者识别出事物的优先权。事实上，当所有的人成功地解决了不确定的未来，优先权的选择就变得最为关键，它将很微妙地帮助你改变范式。

不管是否使用诸如"革新的"的词语，也不管紧迫感有多么强烈，企图凭借技术来打破当前的范式是不明智的，甚至（也许特别是在）在破产时、在落后时期以及在反生产力时期，许多人都会使用旧有的范式来建立新的范式，以期从现状中获利。但是他应该知道牛顿第三定律：作用力和反作用力是对等的。

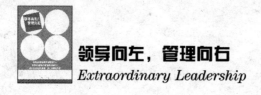

目标和准则的力量

人们将不会被那些像药物一样强加给他们的新把戏、工具和方法论所打动。如果这些创新被视为是组织外部的顾问所倡导，那么，员工就会极力地抵制这些创新，猜疑和谣言将满天飞，他们将关心创新（组织再造，无休止的培训）的真正的原因。如果现在的范式真的过时了并阻碍了绩效的提高，那么，首先必须找到办法向员工授权，以提高他们的工作满意度。科威又一次简明扼要地写道：

> 人们都想为实现有价值的目标而作出贡献。他们都想超越个人的任务而成为企业的一部分。他们不想干没有意义的工作，尽管这种工作不需要动脑筋。他们想要制定目标和准则，以使他们得到提高、变得尊贵、得到鼓励、得到授权，并且激励他们成为最好。

没有发现这些激励因素和市场机会的领导者所实施的是失败的领导，尽管他们的确成功地激励他人提高绩效，以达到潜在的卓越的结果、不可思议的顾客满意度和雇员满意度以及对社会所作出的积极影响，但是，他们不仅没有解决现存的范式，反而把它保护起来，这是因为没有人为他们描绘未来的蓝图，因而固守现在比考虑未来更舒服。

我在其他地方已经谈到过，运作一个绩效管理系统可能被认为是"普通的管理"，毫无疑问，任何这样的系统——甚至是国际上所公认的最好的实践——仅仅和领导的决策一样地好，即认真地作出决策，并且确保整个组织的其他人都像这样来运作。人们应该从一开始就明白，作为一个整体的系统主要是为组织和个人的发展提供空间。维持高绩效需要一个具有各种方法的完整系统，但是，最主要的还是需要高层人员尽心尽职的领导,他们要准备在价值观、原则以及技能方面以身示范,如果想要建立所期望的文化以及运营范式,那么,组织必须要铭记这些。

实际上,组织文化是一种合作的、不成文的社会契约,同样地,这种契约比那种明文的绩效契约,或者甚至是不成文但个人心理所存在的契约更有力。绩效管理系统一定对此非常敏感,并且要结合所有组织系统之外的其他因素,既要考虑企业内部的因素,也要考虑外部市场或是顾客观念。下一章描述了这一系统。

D

卓越的领导绩效

11 好计划

机不可失，时不我待。

孙子

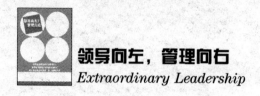
领导向左，管理向右
Extraordinary Leadership

领导层对绩效负责

　　领导者对组织绩效负有责任，在关于制订计划的过程中我已经指出了这一点，因为我相信，如果某项战略、运作或是企业计划能够产生应有的价值或实质性的效果，那么，优秀领导工作的落实和影响是非常的必要。同样而言，一个绩效评价系统只有与组织的实际情况相结合才会有效，领导者必须在组织的各个层面上认真思考这种评价系统，并把它运用于与具体的授权和义务相结合的范例中，否则，无论某个绩效评价系统如何有发展前景，并且不具威胁性，它都不可能真正有用。本章不是一整套关于如何制定战略计划的详尽的纯技术性指导，而下一章，尽管在建立评价系统方面提了些建议，但也并非纯技术性的指导。不过，有很多其他的教材在技术方面提供了指导。我发现，对于领导者而言，正确理解——管理是一个过程，它要求管理者个人的真实介入——是非常的有用，而本章内容更大程度上是关于这一发现的纲要总结。领导者可以授权，但唯独不能把管理过程中的责任推卸给计划制订小组或计划编制团队。我为之工作过的一个国家的国民事务部的领导，就的确废除过一个"计划秘书处"（planning secretariat）。此前，他曾问隶属的计划秘书处首席永久秘书长（principal permanent secretary）（相当于首席执行官 CEO）如何安排新的中期五年战略计划，但该秘书长的回答是：我不知道，你最好去问秘书处。

绩效管理——一个系统方法

知道"什么是绩效管理"是很重要的，但我们也需要知道"什么不是绩效管理"。在任何一个成功地引入并实施绩效管理的组织中，管理者和员工都要全面了解对于绩效管理的某些常见的误解，因为误解会导致轻率，或者成为不必要的担心与对抗的根源。我在此要感谢一位加拿大的绩效管理方面的专家和学者——罗伯特·巴卡尔（Robert Bacal），以及将他在这方面优秀的指导理念发行出版的人们。

绩效管理不是：

- 某个管理者对某个员工的所做所为；
- 迫使员工更好或更努力工作的大棒；
- 成本—收益分析；
- 仅仅在绩效状况不佳时才使用；
- 一年一次的总结。

那么，什么是绩效管理？它只不过是一套完整的机制与流程，其目的是使共同工作的员工进行更好的交流与相互理解。绩效管理，就是让共同工作的人们在追求持续进步的过程中对结果和工作标准作出贡献，从而使总的贡献值增加。如果组织能够使用这样的方法，那么，组织中的每一个人的状况也将得到改善。进而，如果支持、引导员工去尽量有效地为满足消费者的需要而工作，并符合组织为消费者服务的要求，那么，每一个涉及的方面都可以受益，这就要求组织必须确定清楚的期望目标，并正确理解要得到的结果和相应要做的工作。这是一个系统方法，它由多个部分构成，如果这个系统能够为组织、管理者和全体员工增加价值，那么，它的每个部分都要被包括进来，并加以提炼和管理，但首先是要被领导。

绩效管理系统（Performance Management System，PMS）综合

在组织的不同层级上，通过综合运用工具并运用管理技巧，我们可以建立一套有效的绩效管理系统（PMS）。以下包括的条目可供参考：

- 制订战略性的计划；
- 定义组织目标、优先权、价值，通常将它们概括在关于愿景与使命的陈述中；
- "SMART"目标——目标的五要素：明确性（Specific）、可度量性（Measurable）、可完成性（Achievable）、结果导向性（Results-oriented）、时限性（Time-bound）；
- 针对个体员工、职能、关键流程和组织的合理绩效指标（performance indicator）以及绩效测量方法；
- 为了对持续的改进进行监控和评价，管理团队（或部门）要用公认实用的基准进行自我评价；
- 个人绩效的回顾与评价；
- 制订个人发展计划；
- 学习并开发行动；
- 采用多种形式的激励方式，以使组织的事业部、分支机构或部门把绩效与预算（要尽可能地控制预算）相联系，那些帮助组织改进生产力、提供服务以及提高效率的个人应当得到应有的

报酬。

对私人部门而言，综合绩效管理系统中的各种行为要根据各个商业公司的不同情况而定，这完全依赖于各个商业公司的需求和目标。不过，在提供公共服务方面，如果高级公共雇员打算对可度量的协作性改进进行管理，那么，他将相关的绩效管理政策以规范化的指导形式通知所有主管公共服务的部门，会是很有益的做法。特别是当管理者对公共服务以"客户服务"（Client Service）或"市民公约"(Citizens´ Charters) 等形式作出承诺并公开提供服务标准时，就更需要让主管公共服务的权威部门了解相应的政策，以便协同工作。

无论是经营公共服务，还是运作一家商业公司，都不是一个程序或项目。它们只是一种职业或行业。然而，要改进各种组织或它们的服务递送效率，却需要程序管理或流程管理。我在第 5 章中曾略述过，约翰·科特教授所建议的流程在这种环境下是一个极好的模式，该流程非常关注必要的需求，并说明你要尽力做的所有事情的潜在可持续性。它同时也强调，如果要想最终实现改进整个流程工作的总体目标，那么，领导工作必须为整个流程效力。这种领导工作是全局性的，它应当与流程每个阶段的特定项目管理的工作相区别，因为后者只是局部的领导，但全局领导也不能脱离流程中每一阶段的管理。

绩效管理的益处

采用绩效管理的潜在报偿是什么？尽管绩效管理不可能是灵丹妙药，但它在处理普通管理方面的确有潜力。罗伯特·巴卡尔提出，如果运用得当，投入时间并创造出协作性的组织人际关系，那么绩效管理

可以：

- 让领导者在宏观管理上减少事必躬亲的繁杂；
- 通过引导、帮助员工作出自我决策，从而节省时间，确保员工们有必要的知识并对自我决策有正确的理解；
- 让全体员工明确各自的责任，从而减少因责任方面的误解而导致的时间耗费；
- 减少"应有信息的供应脱节"问题的次数；
- 通过帮助管理者或员工识别出错或低效的原因，从而降低错误重复发生的次数，并减少出错；
- 帮助全体员工识别、理解并承认一切存在于标准的期望绩效与现实绩效之间的差距；
- 提供一个框架，促使组织中常见的"命令—责备"的文化发生转变，鼓励员工与管理者进行有关组织和个人的发展与解决方案的对话。

巴卡尔是这样概括绩效管理的益处的：

绩效管理是一种"预先"投资，它能使管理者鼓励并允许全体员工做好他们的工作。员工们将明白——组织期望他们做什么，他们自己可以作出什么决策，他们应该把工作做到什么程度，管理者何时需要介入。如果这样，作为管理者，你就可以专注于只有你才能完成的工作任务了，而不会由于管理的混乱而导致个人时间和精力的无谓浪费，耽误你本来该做的工作。

当然，这种投资所产生的收益不会在一夜之间全部出现，但是，这种人力投资最终会帮助领导者树立权威，从而进行绩效管理，而这正是大多数员工所欢迎的。采用这种方式，领导者可以花费更多的时间去思考如何在快速变动的商业运作环境中管理不确定因素和不稳定因素，而大多数员工在面对快速变动的外部环境时总会感到不适。这种有条理、有方向的管理可以为组织节省时间和资金；可以减少我们通常看见的组织中的焦虑和压力；它可以鼓励多层次的授权，以使员工承担起适应性的工作，从而使组织产生重大的变革，即从陈旧过时的管理范式或发展模式中脱胎换骨。领导，对于绩效管理而言就是模仿必要的行为来行动。21 世纪的组织需要多种类型的领导行为，多种我称之为"卓越领导"的管理行为。

编写战略计划

我已经指出，战略计划是一个完整绩效管理系统的纲领或首要组成部分。我在第 6 章和第 7 章分别引入了群策法和杰出模型，高级管理层（也许得到关键股东的支持）在进行工作分析，或试图为战略计划综合各种理念时，如果能用这两种工具或其中的一种将会很有帮助。这两种工具将有助于为所有的关键领域提供系统看法，这种系统看法以及授权过程、领导者的介入，对于确保绩效管理都是必要的。

在高级管理层最终打算起草战略计划时，执行起草任务的团队首先要声明同意战略计划的目录表（Table of Contents）而不对其进行篡改，之后才能起草。战略计划目录表在很大程度上反映了战略计划编制过程的步骤，甚至可以说是战略计划的产出。如果某项业务很重要或组织的分支机构足够庞大，以至于需要各自相应的战略计划，那么，从部门到部门的战略计划可能会有些不同，但所有部门应当采用共通的术语或行话，以尽量减少对战略计划文本的误解，特别是在说明层级目标体系（hierarchy of objectives）以及绩效测量方式时更是这样。组织的法人领导最好是把战略计划书中要出现的术语归纳成一个统一的术语解释表，否则，阅读者难免会对诸如目标、对象等词语的意思迷惑不解。

下面我列出一个标准的战略计划目录表以供参考，八个部分共同体现了层级目标体系，并且包含了作为一个组织的战略计划所必需的全部要素：

1. 介绍；
2. 形势分析，其中要包括"通道与障碍（bridges and barriers）"；
3. 愿景和使命（vision and mission）；
4. 关键结果领域（Key Results Areas，KRAs）及其相关联的目标；
5. 战略目标（strategic objectives，SOs）；
6. 战略；
7. 关键因素（key factors）——组织需要开发、变化或改革时，关键因素表明这方面的动向；
8. 行动计划，包括三年或五年的计划和服务递送对象（service delivery targets, SDTs），中期计划要将年度运作计划与预算挂钩。

形势分析

形势分析报告中所包含的分析工作和理念综合工作应当由负责战略计划的工作组完成，也许在工作中要用到群策法或杰出模型。当然，形势分析并不只是一时性的工作，而是经常性的工作，它本身就包含在组织的连续运作计划中。战略计划文本中对形势的概括，也许用众

所周知的 SWOT 分析来表明组织或业务的优势（Strengths）、劣势
（Weaknesses）、机会（Opportunities）和威胁（Threats）会比较实用；
SWOT 分析法当然不仅仅适用于文本，它同样也适用于分析现实的工
作。但是，我建议的群策法和杰出模型更有它们的独到之处，特别是对
于"软区域"（softer areas），比如消费者和员工的满意度，这两种方法
可以提供更详尽、更严格的分析。

关键结果领域和目标群

　　群策分析法得出的主要成果就是关键结果领域。"关键结果领域"
在战略计划书中通常是很必要的管理术语，实际上，提到关键结果领域
就意味着至少有一个与之相关联的目标。例如，假若一个关键结果领
域涉及"必须使产品渗透到本土和国外市场"，这个关键结果领域就很可
能和两个目标相关——第一层目标主要描述行动或服务，第二层目标
则指出组织在中期（三年或五年）所提供的服务质量与标准，比如，
"把简明清楚的资讯、数据、方针及时地提供给客户和股东，这在投资
策略上是很重要的"。

战略目标

　　战略目标在本质上一定是"战略性的"，也就是说，战略目标不应
该涉及行动细节，因为行动细节只是在实现多个战略目标时才是必要
的。在战略计划书中，战略目标必须要被阐明，或保证能在三年或五年
期的计划框架内得以实现。但是，我们也不必过分担心无法把战略目标
的五要素"SMART"——明确性、可度量性、可完成性、结果导向性、
时限性——阐述清楚。事实上，并不是所有的战略目标都要完全

"SMART"，只有某些被称之为"产出"的战略目标才必须如此。而那些关键结果领域，无论是服务于三年期还是五年期的战略计划，都应在它们所属的中期计划框架内设定时限，所有的关键结果领域都应当足够明了，以确保各自不同的识别特点和关联目标，并被战略计划书的起草小组认可。

产出

产出是战略目标的特定组成部分，它必须是可度量的，并且要有时间限制。事实上，产出不只是写在战略计划书中，它们还将被具体安排在中期计划框架的某个运作年度内，以期完成它。产出还必须与预算相挂钩，也就是说，为了达到预定的产出而必须进行投入——亦即必要的行动——是需要计算成本的；另外也要安排适当的开支，以便各级管理层行使职责。

义务

各部门对产出负有义务，它源自于组织为实现战略目标所付出的努力。义务应当在制订战略计划时，就落实到各部门的工作团队中，这一点应当与中期计划中的所有运作细节相关联。当然，在这个层级把个人作为附加的（投入和产出）矩阵附件（attached matrix annex）也是可以的。因为，对于特定战略目标的实现和与之对应的产出，其责任和义务应当由那些相关的高级管理人员承担，他们所管辖的部门、分支机构或事业部都要将产出结果转送或呈送给组织的最高管理者。产出也应当反映在各部门管理者与组织所签订的绩效协定或绩效合同上，并作为实现个人目标的形式，以实现个人目标与组织目标的一致。

与年度运作计划或年度业务计划挂钩

年度运作计划或年度业务计划的目标是分等级层次（hierarchy）的，因为它们为战略目标服务，而战略计划的实质又是以各类、各种产出为基础的，也许是对产出在相应的战略目标下进行分组而展开的。产出又将依次地被进一步转化为组织行动和投入。建立与年度运作或年度业务相挂钩的预算正是在这个阶段进行，因为投入的估算成本也需要被纳入以产出为目标的预算当中。

绩效指标与服务递送对象

我们曾经提到过，产出必须要"SMART"。正是在这一点上，在实现产出的书面文件和协议 (agreement，A) 中，指明了产出应当是"明确的（Specific，S）"、"可量度的（Measurable，M）"、"现实的（Realistic，R）"、"定时的（Timed，T）"，而且实现产出的方法亦须是可行的。符合"SMART"条件的产出便是绩效指标，同时也明确了产出的递送对象。举个例子：拿类似"我仅仅表示，我打算去培训别人"这种话作为产出，便不是好主意。你（以及所有受"制订计划与相应成本"影响的人们）需要知道关于培训的一些详细信息：多少人，什么培训标准，具体的起始和结束时间，等等。正如某些人对你说，他们要成为百万富翁，这时你多半会付之一笑并不予过多理会；但如果他们说，他们到明天下午 3 点之前需要 975000 英镑，那你多半会留点神，因为这个事情听起来比"百万富翁的事儿"更具体、更严肃些。

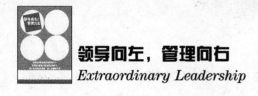

起草战略计划

　　如果某项业务的分量够重，那么与之对应的战略计划的起草工作，就可以——也许应该——在专门的计划小组中进行。但同时，这项工作也应当引起组织高层管理者的足够重视，并对其进行严谨的审查，甚至担任这个计划小组的领导者。在制订战略计划的过程中，任何事件的结果应当被看做是此计划小组的各级管理层的相关责任。如果由小组中的2~3个成员负责（很可能是计划书的特定章节）文字工作，那就可以减少小组用于准备计划草案的工作量和耗时量。这样的工作安排应该是相当可取和直截了当的，因为文字之外的工作——战略思考——将由其他成员用"群策法"和/或以平衡计分卡方式的杰出模型来完成。另外，计划小组起草战略计划所需的工作用品应当在他们的工作室里备齐，如备忘录、想法本、活动挂图、配套便笺，等等，在整个工作过程中都不能缺少。而做文字工作的小组成员，要注意灵活运用一些关联词、句子和段落，把进行思考工作的小组成员得出的成果有机地"镶嵌"起来，以使整个战略计划草案有可读性而且"界面友好"（User-friendly）。

　　如果此计划草案将被当作一个工作文件，并且不至于无人问津的的话，那么，最终定稿的战略计划文件一定要"界面友好"。此时，它的实质性内容不能被改动。毫无疑问，为战略计划书制作一个展示关于"关键结果领域、行动目标、战略目标"的逻辑层级矩阵，以及此种形式的附件（或附录）将是有用的。

　　另外，这个战略计划书的附件（或附录）还需把上述矩阵内容与各自的战略、提供的服务目标、关键绩效指标、分支机构或部门管理者的相应责任和义务明确列出。这是一个逻辑关系强的表格，它很像我建议的年度运作计划表。到了战略计划阶段，我们对于实际被计划的行动，以及各项行动的投入成本预算，就不必分多级进行了，而主要是统一筹划。

我们已经介绍了一定数量的行话/术语（Jargon），而我们在行文上也必须使得各个不同的章节有自我解释性。我强调，建立"一次性"的术语学是必要的，这可以避免概念混淆。所以说，在制订战略计划的过程中，计划小组中做文字工作的成员，确保计划书中避免出现没有做出说明的"行话或术语"，对于使用此计划书的组织或部门也许是非常重要的。尽管战略计划书属于它的主体——相关组织或业务单位，对于主体而言，它也不是保密的；但计划书很可能要让股东阅览评论，他们一方面在技术上是门外汉，另一方面又需要理解计划书所传达的内容。所以，在战略计划书中，对于组织而言，任何敏感的内容都应当分别列置于附录，只呈给被指定的、有相关权限的人群阅读，亦即内部交流；另外，计划书的行文必须是简明易懂的。如果公司法人的政策是，即便在非英语母语国家也用英语发布公司的战略计划（如今在世界上的许多国家和地区，英语都是正式的商业语言），如果战略计划书始终只能被以英语为母语的人进行校对和编辑，而此人对计划书的主题内容——业务和技术——的理解不存在问题的话，那么从保密的角度看，这对于公司而言恰恰是有利的。

在起草小组开始工作之前，决策层（或战略指挥层）应当开碰头会来确定一个具体的日期，以使起草小组完成战略计划草案并递交上去。起草小组须在决策层再次碰头之前，把草案呈送给决策层成员，让他们各自对草案进行审查、商榷。如果决策顾问们（即起草小组的成员们）已经习惯了完整的战略思考过程，那么，除非决策层明确要求他们也参加第二次碰头会，否则，他们完成自己的工作后就不必出席这种会议了。从理论上来说，对战略计划草案进行任何修改、变更都是可能的，但如果这种修改工作的会议难以召开的话，那么，起草小组就要规定一个最后拍板的时限了，以便使草案不会在很长时期停留在解释阶段。最后，起草小组应该给文字工作人员制定一个时间进度，让后者在某个时限之前拿出一个统一的、最终的战略计划书。

把计划与员工结合起来

在第7章，我们便开始思考真正的挑战：如何把面向未来的更好愿景转化为可行的行动方案，以使组织成员可以参与并实施它。我们明白，杰出模型或者是任何一种在国际上验证了的平衡计分卡系统，都可以作为各种组织改进绩效的初始行动框架，或是作为提醒相互间有重要依存关系的各部门的管理者们——正如青蛙跃起时要依靠各个不同器官一样——关注整体的协调行动。以前，我们知道如何明确地勾画一幅未来的图景，并对当前现实作出分析。我们明白了这种分析如何会成为有150个之多的改进区域（Areas for Improvement，即AFIs），它们正是组织要"走向未来"所必须从事的；除此之外，我们也注意到"关键少数区域"，它同样应当被包含在运作计划中，实际上，有相当多的领导层决策是在这些"关键少数区域"作出的。

现在，是把书面工作与组织成员结合起来的时候了。事实上，也是把纸上的问题交还给员工们的时候了，他们要制定适应性的（有时是生产性的）工作去影响必要的改进活动，或使组织发生变化。正如我们在上一章学习到的，他们的参与、合作、许诺，能使创造力和解决问题的能力微妙地改变组织范式。愿景并不仅仅是组织成员渴求的组织范式，

战略计划的样本内容

1. 介绍   对所采用的方法作一个简短的描述，如果在本计划书中提及的某些产品来自于以前的业务工作、计划或是项目，则须列出相关的参考文件。

2. 形势分析   关于目前组织所面临形势的分析大纲，其中包括一些关键的问题，它们可能影响战略目标的实现；以及对"通道和障碍"的识别。

3. 愿景和使命   对于有战略意义的业务，要如何看待它的角色定位、价值和未来的组织文化取向；在执行长期战略计划的中期业务目标时，要做一个总结性的陈述。

4. 关键结果领域   列出关键结果矩阵，包括消费者、客户以及股东对于组织的要求或期望得到的结果。

5. 战略目标   战略业务在未来五年的具体任务、期望取得的成就。关键结果领域中的具体要素。

6. 战略   战略业务将如何完成它的使命和目标。通常，明确列出要实现各个关键结果领域和战略目标的主要运作战略是有用的。

7. 关键因素   哪些因素有助于战略业务目标的实现，哪些因素正好相反？群策法在"通道和障碍"的识别步骤中进行。有时候改变是必要的，关键因素应当包含优先权的选择，另外还要对如何减少障碍、如何确定通道（即解除、绕过障碍的方法）作出总结。在组织业务的战略性革新或进行组织变革时，上述这些要素可以形成战略目标；它们也很可能是形成关键结果领域的基础，那些与组织主要职能相关的人要格外注意。

8. 行动计划   对应于各自的产出，行动计划小组制定出各项必要的行动，并把它们进行分解；另外还要明确部门的责任和义务、时间安排，其目的是把策略转化为行动。行动计划还应当包括关键绩效指标、服务递送目标，因为它们把发展年度运作计划（或业务计划）与预算结合在了一起。

它应当是思考的态度，这种态度将帮助组织找出创造性的方法去实现愿景。

一旦人们相信，愿景不仅仅是适当的、可取的，而且是必要的、可实现的，并在他们的能力范围之内，这时他们将意识到，组织安排过程中的原则、角色、目标以及程序是清楚而必需的。他们将自我意识到，必须使个人行为符合愿景目标的实现。如果完全使领导的行为模式化，那么，组织成员将乐于先模仿，然后再使之人格化。

接着，组织成员将寻求并接受一些模式或手段，以帮助他们应用某种经过训练的方法去管理各种变化的流程和工作。在第6章，我们已经明白了群策法的概念，群策法使管理团队的战略思考过程更为方便。在以消费者为导向的商业分析中，制订战略计划的小组成员可以应用群策法分析各种事件、原因、方法，在战略计划书中它们将变成关键结果领域、战略目标、策略；杰出模型的使用（在第8章已经详细解释了）也有助于实现这一点，它保证了"未来图景"和"当前现实"都要考虑的所有"更软性的"应该考虑到的事项。这些事项可能非常困难地放弃简单的逻辑分析，而这种分析是基于最初的要求（协作条款，甚至是现存的组织职能、当前组织结构或者领导者的个人愿景）而得出的。

新工作的新目标

举个例子：对下列标准——客户满意、员工满意、社会效果——进行改进，在操作上应当更多地以关键绩效目标为基础，以使自身合理化。这样，管理者要确保，计划产出和行动将针对那些"更软性的"系统结果领域，它们在逻辑上要与现存的战略目标相关，或许，新的适应性工作暗示着新的、附加的结果领域和战略目标。

新的目标可能明确地指出了进行必要的变化或改革所需要执行的任务，在这方面，可以举个例子。一家电子商务企业，对其所有的问题或改革形势进行彻底的分析后，很可能会出现全新的要求。在计划方面，这个新兴企业的新要求可能包括，在战略上需要明确的关键结果领域。在这项业务或组织的所有现存领域，也许还会存在大量明确的更具操作性质的投入和产出，而那些结果领域将受到新的战略发展的影响。在此过程中，任何事件毫无疑问地将出现大量的改进区，以至于企业不能合理地把它们转化为每年运作计划的要素。在组织从事新工作或新业务时，必须要有别于以往的运作方式，并且应设定相应的新目标，否则，将面临很多矛盾。你的中期战略计划给人以深刻印象（却与旧的东西藕断丝连），你试图确保它能在每一个运作年度都能为组织带来利润，然而，对其中很多事情进行轻重缓急的安排是非常的困难，可它们却往往是必要的，因为组织（或业务）每年的运作都是以这个中期战略计划为根本基础的。

快速取胜

约翰·科特为了实施变革过程中的领导工作而采用了八步法模式，他提醒我们——如果能够"快速取胜"，那么，在这个过程中发展并维持变革是极为重要的。但是，你也可能会想起，科特曾经痛苦地指出，我们不能总是指望快速取胜，而只能为它创造条件。我们明白，运用杰出模型进行分析可以特别地产生 100~150 个改进区域（至少有 10~20 个的改进区域是模型的组成部分）。

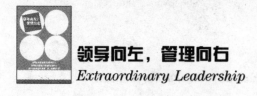

领导向左，管理向右
Extraordinary Leadership

系统的平衡

当你在年度运作计划中对关键结果领域的优先权作出选择时，我的首要建议是，请在每一个结果领域的组件区中包含至少一个或两个关键结果领域。我们这样做的目的在于，一方面，应该继续对系统思考给予应有的关注，另一方面，使不间断的改进势头保持平衡。即使每一个组件区有两个关键结果领域，那也能为我们提供 18 个改进区去为之努力，对于每一个改进区，我们都要在年度运作计划中确保有适宜的投入、产出、绩效指标和服务递送目标。接下来的第二个建议也许可以帮助你识别出可能"快速取胜"的改进区域，它的逻辑性在下面的表格中可以得到阐释。画一个简单的表格（没有它们，战略计划的顾问们什么也干不了），再对效果和成本进行一定程度上的对比，然后是效果与执行难度的对比。在任何改进过程中，那些有着一定潜力并能够以合理的成本得到较公平的产出结果的人在初始阶段都有着潜在的"快速取胜"的可能性，如果还有着产生显著效果的可能性，那么将会更为重要。当然，如何定义效果方面的显著性，就要看决策层的理解了，但"效果"的界定

表 11.1　效果与成本对照

高效 低成本	高效 高成本
低效 低成本	低效 高成本

一定要考虑市场渗透力、宣传程度、收益率、对组织改革过程中诸要素的积极影响、对组织或成员所渴望的新范式的影响等方面。

在分析过程中，我们不应该漏掉任何一个潜在的哪怕是低效而高成本的改进区，为的是总体的对比。如果时间和组织资源控制得比较紧，则那些低效低成本的改进区也许是可取的。显然，不能漏掉高效高成本的改进区，因为它们很可能在战略上有着重要意义。而对于"快速取胜"的方案，我们就要在高效低成本的改进区中去寻找了。

表 11.2　　效果与执行难度对照

高效 易执行	高效 难执行
低效 易执行	低效 难执行

我们可以非常简单地得出结论，组织不应当把资源分配到那些很难测量的区域中去，因为那会是低效而难以执行的沼泽地。但同时要说明的是，若某个改进区是高效的，我们不能由于它很难执行就简单地对它持排除态度。如果不囿于组织资源和时间方面的限制，我们则可以把一些低效而低成本的改进区包括进来；另一方面，我们要在高效易行的改进区去寻找"快速取胜"区，当然，它们很可能非常少。

我们不能过分专注于快速取胜，以致忽视为了优化长期战略而进行

的系统分析。我以前提到过，如果只花个人的全部时间去处理那些既紧迫又重要的事务，以至于没有足够的时间去处理似乎不紧迫但却很重要的事情，这样的管理是非常危险的。类似地，现在采用的分析工作能够帮助我们识别改进区，它们可能会产生较大的影响，但也许在执行上存在困难，比如成本高额而且花费很多时间。它们很可能是一根难啃的"硬骨头"，所以在中期计划过程中，对它们进行处理时要制定一些渐进式的体现进步的表格。有一些要素，例如产出、相应的增长指标、与某个改进区相关的目标，它们都必须在以后的年度运作计划中用文字写明。

逻辑框架

我在此要引入的下一个新模式是建议设计一个逻辑框架矩阵，它一般被称为"逻辑框架（Logframe）"。这种矩阵是一个工具，它的运作对象是绩效指标、服务递送目标、投入的成本与责任，而投入的对象是源于战略计划的年度运作计划（或年度业务计划）。逻辑框架作为一种项目管理工具已经被沿用了多年。逻辑框架矩阵早已被世界上大多数主要的多边、双边发展机构所认可和采用，因为在运用逻辑框架矩阵的过程中，要求股东参与行动，股东要积极参与战略计划的制订，股东对组织的改革、首创精神、战略行动等都将影响他们的利益。

相比之下，在普通的商业计划中，对逻辑框架的运用则显得不是很普遍。不过，如今有着越来越多的组织将采用一种矩阵管理构架的形式进行运作，这体现在设计上或者在各种业务中。因为它们（指那些组织）将要频繁地协调新业务或新发展，同时，还要继续学习并出台新产品和新服务，它们常常要同时面对好几个项目。事实上，如今它们所运作的整个业务或整个组织，与以往相比，几乎更像是一个复杂的电脑程序。如今，管理者与全体员工都要频繁地参与到各类项目或工作程序中，他们要向相应的各级正式管理者和临时的项目主管汇报工作。电子商务，作为一种新的因特网项目或是对已设立的现存传统业务的增补，更是典型地体现了上述情形。如今的项目和以往不一样了，它需要的不仅仅是像以前那样的管理，更需要采用专业化的方式把自身融入到组织整体的运作中去。

让股东加入逻辑框架团队

下面这样的做法总是可取的、明智的——如果可能的话，让股东（比如一些低层管理者，或是有伙伴关系的组织，如供应商、分销商等）加入，与本组织一起构成逻辑框架团队，并希望在他们参与进来的时候，共同切实地执行适应性的工作。对于组织或业务上的高级决策层而言，确定上述逻辑框架团队的成员名单绝不可掉以轻心。团队成员中也许应该包含关键的供应商或分销商等伙伴组织，当然还有负责各级管理层的成员，他们将被要求立下"军令状"(sign up)，以同意战略计划中的产出目标、绩效指标、部门服务递交对象等。

表 11.3 是一个典型的逻辑框架模型。正如战略计划一样，这个逻辑框架模型有一个层级目标体系，不同的是，它还包括个人行动的识别以及相关的投入和成本。逻辑框架中的第一列，即每个垂直项的目标（以及相应的产出、行动等），都由水平对应的客观的绩效指标（以及投入等）作出补充说明。下列几项也包含在这个逻辑框架矩阵的水平轴中，它们是：测量或核实绩效指标的方法、对成功实现目标的可能性和可持久性进行相关的风险分析及估量。

表 11.3 典型的逻辑框架模板

组织或业务 _____   **运作计划的**

中期战略计划年度 _____   **逻辑框架矩阵**

运作计划年度 _____

准备日期 _____

逻辑框架设计者 _____

最近一次的修订日期 _____

对组织或业务方面的叙述性概括	可实证的绩效指标	确认或测量绩效的方法	风险与估量
战略性目标： 1. **目标：**	关键结果区的影响	数量质量时间法	
2. **目标：**			
输出： 1.1 1.2 1.3 等 2.1 2.2 2.3 等	绩效指标和服务递送对象	数量质量时间法	
行动： 1.1.1 1.1.2 等	**任务/输入：**	成本　　　$/£	
1.2.1 1.2.2 等			
1.3.1 1.3.2 等			
2.1.1 2.1.2 等	**汇总**	$/£	

数量质量时间法（QQT）

QQT 是数量（quantity）、质量（quality）和时间（time）的开头字母组合，它便于记忆。QQT 可以使绩效指标更为严谨。正如我们前面所提到的，不要一下子说你"打算去培训别人"，而要说出有多少人、什么培训标准、时间安排等。如果可能的话，我们同样要记住，绩效指标也应当是客观的、可实证的。在逻辑框架矩阵中，我们应当想到并注意到，用于确认绩效的方法应该是可以测量工作改进的程度，或监控、评价各种努力的成果或相应的影响。在"培训"的例子中，用于确认绩效的方法是看受训者在某种程度上是否合格。如果"培训计划"的绩效指标最终确定，并有清楚的时间安排，那么，它便很可能成为切实可行的任务，它可以在某个允许的时间内，通过文件或可行性报告的形式表现出来。

通过团队构建逻辑框架

在构建逻辑框架矩阵的过程中，最好的办法是通过管理团队、理想的股东、业务合作伙伴等一系列相应的工作组来进行。以下的这些纲领，将为整合工作的目的和益处提供指导与备忘录。为此，我要感谢团队技术专家有限公司（Team Technologies Inc），它提供了下面的大纲，此大纲被称为"协作法（Team Up Approach）"。另外，"TeamUp"在美国是团队技术专家有限公司的注册商标。在构建逻辑框架的过程中，采用这些方法的目的是让股东和使用者（项目小组）参与到逻辑框架的构建中来。这种方法已经在数以百计的几百万美元以上的技术合作项目中被证明是有效的，它被运用到各个发展中国家，同时，它

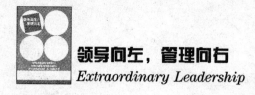

也为世界大部分发达国家和对外提供援助的国家所认可、应用。

针对运作与行动计划的工作组的目标

- 使用一种基于团队的方法来加强对业务运作计划或组织改进项目的设计、执行和评价工作；
- 理解被实施的项目设计的目标和必要条件；
- 为项目周期管理（project cycle management，PCM）引入逻辑框架方法。

益处

这种方法的目的是为了加强项目小组的管理（这也包含了业务计划小组的目标），因此它的益处是：

- 信息来源广；
- 群策群力；
- 反应迅速；
- 顾客导向；
- 有准备的行动；
- 富有建设性。

逻辑框架：

- 作为项目周期管理（PCM）和行动计划的一个矩阵工具；
- 在矩阵中行与列的统一；
- 从一般到个别的细分化工作；
- 从期望的结果开始，逆推到当前的状态，并展开工作；

- 将原因、结果、外部环境三者挂钩；
- 使绩效的测量、报告和评价工作更方便。

原因和结果——层级目标体系

- 从结果中分离出原因，从策略中分离出目标，从"怎么样"中分离出"是什么"；
- 在记叙性的概括中使用朴素、简明的陈述；
- 使用强化行动的动词。

绩效测量——可实证的绩效指标

- 只要是可以测量的，我们就可以管理！
- 绩效指标必须以"数量质量时间"为测量目标。

监控、报告和评价——绩效的确认方法

- 绩效指标和确认绩效的方法必须是实用的、成本上是行得通的；
- 绩效指标和对绩效的确认是监控和评价系统的基础与基准。

外部环境——风险与预测

- 对某些预测到和察觉到的普遍风险进行分析；
- 分析它们的重要性、可能性以及可能的影响；
- 在设计和执行"运作计划"的过程中，积极地管理并作出预测；
- 如果可能，对被识别出的"或有费用（contingencies）"作出计划，避免可以预见的负面影响，使不可预见的负面影响最小化。

领导向左，管理向右
Extraordinary Leadership

逻辑框架的优势

- 逻辑框架，为作好项目计划和行动计划提供了必要的条件；
- 逻辑框架的设计过程要对以前工作中的劣势作出反应；
- 逻辑框架易于学习和使用；
- 逻辑框架的应用，减少了管理者在时间和脑力上的耗费；
- 在组织内部，逻辑框架可以把个人绩效协定与个人绩效评价联系起来；
- 它可以预测管理工作的执行情况；
- 它建立了评价管理工作的框架。

逻辑框架的局限

- 逻辑框架是多种分析方法的综合产物，它并不能替代别的分析方法；它也不能替代一份行文明确、有说服力的商业计划。逻辑框架可以极好地作为各种好的商业计划的附录——特别是在某个变革"项目"或程序是此商业计划的一个部分时。
- 如果过于强调目标层级体系中明显的线性性质，而缺乏对系统相关性的关注，逻辑框架的分析方法可能会引发项目管理的刻板和僵化的弊病。
- 在技术性的运作领域，逻辑框架不能取代专业人士的资格和经验；逻辑框架在定义和安排各类复杂的投入时，总是需要寻求技术性的帮助。
- 逻辑框架的应用，要求一个团队有高水准的领导水平，以及成熟而又简易的技巧。

管理项目团队的压力

无论在项目小组中还是在正常的商业运作中，产生摩擦与争执的两个主要原因是：

1. 在阐明个人、股东和法人的期望时没有把握好；
2. 当各种期望发生冲突时，对此问题的管理失败。

如果管理者没有给员工们指明工作方向，或是没有机会去说明如何选择他们的工作方向，那么，员工们将自作主张。正如我们在第9章所看到的，由于员工们有着对未知领域的本能恐惧，他们在缺乏明确指导时会趋向于稳定的工作取向，从而强化了对多方向选择工作的抗拒，这样就与管理者的期望发生冲突。

管理者在领导项目小组时，除了要管理好各类期望、不厌其烦地依照时间作出计划并区分行动优先次序、划分忠诚度等，他还会发现，项目小组正面临一些新的或额外的压力，这些压力的来源是——项目小组的成员们对彼此的工作方法、工作习惯甚至是文化都感到陌生。要领导好这种类型的项目小组，管理者必须具备特定的领导风格，这种风格应当足够灵活以适应团队在更先进的生产力以及更高绩效上的发展。这种领导风格被凯恩·布兰查德称为权变领导能力，我们在第8章已经叙述过。布兰查德很有远见地指出，团队领导者最重要的职能是帮助团队进入整体发展阶段。

团队组建

上面所提到的情况被认为与项目小组特别有关，而对一个组织来说，在各个特定的运作过程中组建不同的项目小组是很正常的。实际上，项目小组为了能产生可度量的（或者用项目术语称之为"可递交的"）产出，虽然全体成员总是共同承受着时间的压力，但是，他们仍然很难以密切关系的方式进行合作或协作，来完成项目中的某个任务，因为他们的个性特征总是相去甚远。如果无视团队成员们互不相同的个性特征，一个新创立的电子商务部门或项目小组，在共同面对其种工作挑战时，也许更容易理解上述行为模式的表现形式。此外，如果这个项目小组的成员是由那些倾向于"技术统治论者"的聪明的年轻人占优势，那么，项目的高级主管也许就要认真考虑智慧定位（wisdom posited）了，正如梅雷迪思·鲍宾（Meredith Belbin）在 1981 年的著名研究中所表明的，当项目小组成员发现大家都希望有一个高效率的团队时，他们不同类型的个性会趋向于相互影响。技术上聪明的创新者或者鲍宾所称为的"技术孵化器"（technologically bright innovators），在下列几种工作中未必高明或者有效率：整合团队的工作成果、严格遵循时间表来展开团队工作、说服对团队工作持怀疑态度的组织高层领导或股东，并把本团队的建议和理念兜售给他们，因为在技术创新者的典型个性中相对缺乏上面这些属性。正像在其他事务中一样，总体上的平衡是达成团队既定工作成效的必要条件。如果对一个新成立的项目小组而言，协调运作、理念一致、及时产出是其达到目标的必要条件，那么，首先对与之相关的社会工程学（social engineering）进行深思熟虑就可能是明智之举了。

成果、产出；影响、投入

项目小组在制订运作的行动计划时，如果总是把自身定位为组织系统的小分支，则容易只专注于本小组的各种工作，而忘记了最重要的是整个组织的愿景，那将是非常危险的。因为，大部分管理者在过分关心项目小组的具体管理工作时，往往缺乏一种超然于烦琐事务之上并进行内部审视的观点，他们会感到，没有必要同时考虑整个组织的领导。消费者、客户、社会甚至是诸如供应商和分销商等伙伴组织并不需要完全了解你组织的内部流程和机制，他们对你的组织的绩效评价系统是否真实地反映各种必要的目标层级体系和服务递送目标，以及评价系统是否与员工的个人岗位相联系，或你的员工们需不需要培训并不感兴趣。他们只对你的组织的"成果"感兴趣，而不会对你组织的或部门的"产出"感兴趣。领导者的职责之一是担任组织成员的教练，而教练的任务就是坚持不懈地让队员们逐渐理解组织的外部环境是只注重组织的成果而不是产出，并且要激励组织成员为了改进整个组织的绩效而严谨地核对每一项被计划好的投入可能为组织的外部整体效果所作出的贡献。下一章重点研究如何确保你的绩效管理系统长期把握住下面两个远景：

1. 为了使组织获得持续的改进和竞争优势，你需要产生出卓越的成果；
2. 需要最好的服务递送体系，以产生卓越的成果。

12 绩效！绩效！

领导向左/管理向右
Extraordinary Leadership

　　人的天性是在他们全身心地投入工作时，就会努力实现目标。让你的下属处于这样一种形势：他们的唯一选择就是努力实现目标，以此超越自我。

　　　　　　　　　　　　　　　　　　　　孙子

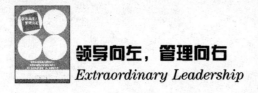

关注内部和外部

1992 年，科威起草了所谓的"全球任务宣言"。其内容是："要提高利益相关者的经济状况和生活质量"。

他明智地指出，这个宣言无论如何也不能代替组织的目标，但它可能会指引组织的目标界定，同时，也为其他的一切事情提供所需要的环境并能有序地发展。这就需要管理人员要有责任感。这不仅仅只是组织的愿景，即期望在未来能达到什么水准（正如我们在前面所探讨的）。这是关系到所有和此利益相关的人——包括企业内部和企业外部的人，他们在实现愿景的过程中关注组织的利益（或失败）。这不仅仅来自约翰·阿代尔最早的观念，即有必要对任务、团队的维持以及个体的需要给予同样的关注，正如我在前面所建议的，我们把"团队"看做是包括所有对提高企业绩效感兴趣的利益相关者。

宣言中的高水准原则以及它所支持的普遍适用原理已经应用到私人部门和公共部门，对此最本质的原因是，这些原理和原则关注组织的外部而非为自我利益服务。这里有一种假设——某种理论——如果你关心你的顾客以及所有的利益相关者，并且努力提高他们的经济利

186

益，那么，你将确保（并保证）组织自身能得到发展。在过去，许多任务宣言都关注股东的利益。令人沮丧的是，金蛋的诱惑通常会造成鹅的过度利用，导致鹅的病变，甚至死亡。另一个"农业式的"（agricultural）比喻提醒我们，公共部门和私人组织都是现存的系统，如果要优化系统的绩效，就必须对系统进行培育。当生产企业面临低廉的全球劳力市场的竞争或市场力量而解雇员工时，有些人就会为此而悲痛。当同样的情况发生在知识企业，最终导致那些受过良好教育并极具天赋的人，诸如设计师或者计算机工程师都被解雇，以此削减公司的开支并确保公司短期利益，这才是最令我悲痛的。在最近的一个事件中，数百名高层次的工人被"解雇"，而与此同时，此公司又花费数百万的资金来委托其他公司设计本公司新的标识语，以便领先最新的潮流，并使它们的标识语传播到世界的每一个角落。在这样的情况下，史蒂芬·科威的全球任务宣言又具有多少价值呢？

很容易就可以看到，高层次的愿景或任务宣言是目标层级体系的顶峰。为达到这些目标而设计的机制和流程就像金字塔式的结构，此结构首先关注的是数量较少的关键结果领域和战略目标，最后才关注数量过多的个人活动和投入，这对于实现最终的任务是非常必要的。但是，正如我们已经看到的，绝大多数的这些机制和流程是企业应该关注的内部重点。我们应当铭记，公平意味着不仅仅做了事情，而且在做事情的时候要被别人看见。我们需要想方设法地使工具、方式、流程与其他事情相联系，这些事情对顾客和其他利益相关者都是很重要的，同时，采用很有意思的方式来清楚地说明提高绩效的方式。确切地说，英国的客户服务章程（Client Service Charters）和章程标识项目（Chartermark programme）从最初的公共部门到商业世界都快速地获得了巨大的成功。对所有利益相关者而言，不断地设置障碍并强行制定标准，由此所带来的潜在利益是很明显的。

卓越基准

在第 7 章和第 8 章中，我们已经看到，平衡记分卡有助于执行团队确保能在内部观点和外部观点之间维持平衡。EFQM 杰出模型被描述为用户容易掌握的友好界面，并作为实践的工具，以便在经营层面和在利益相关者的层面上鉴别出许多要改进的领域。这只是处在战略计划过程的分析阶段，以考虑行为和流程的方方面面，这些行为和流程影响改进战略的制定。鉴别和平衡在每年的运作计划中所包括的极少数重要的优先权也是一件困难的工作。

最流行并最具有影响力的可资使用的工具，诸如美国所流行的马尔科姆·鲍尔得里奇（Malcolm Baldridge）的质量奖励体系（Quality Award System），以及在欧洲普遍使用的 EFQM 杰出模型，这些工具已经被看做是衡量持续改进的基准。这个基准可能和执行团队首次作自我评价时所得到的基本分相反（运用国际上所推荐并认同的评分系统），它也和已知竞争者或同类组织的公开得分相反。或者也有观点认为，该基准从外部验证了团队所获得的国际奖励或国际领先地位。对于那些在制定基准或进行自我评价过程中对执行团队的领导工作感兴趣的企业领导者而言，在公共领域和互联网上有许多有益的东西值得借鉴。在大西洋两岸也有许多有经验的咨询公司有助于使这一流程更为便利，当这些流程经过严格的审察并对公司进行健康检查后，就能使领导者或领导者们成为团队的其他成员。

联系计划和绩效评价

我已经指出，运作计划本身就应该完整地包括容易衡量的绩效指标以及递送目标。对工作进行细分能使管理者和雇员明晰职责，并有助于他们达到预期的目标。当然，有些员工可能不会习惯这种方式，也可能在开始时就会对此产生恐惧和抵触情绪。然而，也有许多人很快就会喜欢这种方式，他们清楚自己期望的是什么，并且有机会来赞同这种方式。通常的结果是，他们将会坚持执行下去，并且努力实现所设定的结果而不仅仅是工作本身。如果方法运用得当，系统将会产生巨大的绩效。因此，很容易就可看出，个人目标（以及团队目标）是如何从整体计划中提炼出来并整合到个人绩效契约中，绩效契约是组织绩效评价系统的一部分。然而，我们需要考虑有效地利用来自组织外部的人的观点，这些人和运作环境有紧密联系，并且他们也从来不会受到组织内部流程的直接影响。

金钱的价值

最后，我建议，如果我们也有监控和评价外部观点的机制——顾客所想的、合作组织的偏好以及供应商和分销商所想的，同时，也考虑我们的组织能给社会带来的所有影响，那么，这个机制就完全发挥了效率。为了得到这些衡量指标，我们需要关注客户满意度调查、问卷调查、聚焦的群体、定期的会议（和决议），或者有着服务递送承诺的用朴素的语言所撰写出的客户服务章程，以及为反馈、抱怨、矫正而设计的有效机制，此外，还有衡量基准绩效的公众条例。简而言之，对于所使用的每一种内部衡量指标，我们都应该寻找使用它们的原因。事实上，这些衡量指标的有效性才是我们需要了解的。就金钱的价值（这是一种外部的观念）而言，是否有一个直接的可说明的因果联系关系？

如果组织中所有层级的人都能理解这种衡量指标，我们对此就非常满意。如果这是一个公共服务组织，它们是否能够真正理解工作存在的原因以及谁将获益？他们循序渐进地工作，但他们只是完成了思维范式的改变，最明显的变化是组织已经采取了非常卓越的愿景领导。相应地，这需要在整个组织中从高层到低层得以证实，组织已经做出了转变并采用新的工作方式和新的世界观。事实上，新的范式向组织所有层级的人们授权，以让他们发现、发展和发挥他们潜在的领导技能，这反过来又能激励并鼓励其他人取得持续的绩效改进，尤其是在作出正确的决策时更能取得这种结果。运用领导艺术，组织会变得更有效果和更有效率，这样就能在组织内部得到卓越的结果，并能给所有利益相关者带来利益。那些看起来运营良好的组织采用的是领导而不是绩效管理系统，领导才是影响绩效的主要推动力。后者（绩效管理系统）仅仅只是一个支持有效领导和管理实践的工具。

绩效反馈和评价

绩效管理系统的目的是为了发挥领导的作用而支持并提供一个框架，领导的作用就在于鼓励发展能导致高绩效的新的范式，因此，我们必须寻找一种好的监督、评价以及记录员工绩效的方式，并且采用某种方式促使他们和组织得到发展。通常采用的方式就是绩效评价系统。当人们谈到绩效管理时，他们通常只会想到绩效评价。数年来，评价体系更多地关注绩效流程（努力对行为和技能进行评价），而不是关注结果（结果和企业计划中的个人目标相关）。最近，许多系统试图结合双方面的标准来进行评价，但这些评价体系在帮助人们提高绩效的过程中却通常是失败的。如果这对个人和组织没有好处，那我们为什么还要去做呢？当这些事情发生时，年度绩效评价就会流于形式并令人生厌。

我并不想详细讨论绩效评价系统中的许多有利因素和不利因素，并且我特意忽略了讨论更为复杂的系统，如全方位的反馈系统。在公共领域，尤其是在互联网上，商业机构和公共服务组织也有大量可用的参考资料。仅仅尝试对"绩效评价"（performance appraisal）这个词进行搜索，你就会找到多少参考资料！所有这些充分表明，任何评价体系，甚至被认为是"艺术状态（state of art)"的体系，都能严格地将领导意图尽可能准确地体现出来，并要求组织中的其他人如此行事。在促进和运用绩效评价系统时，如果个人没有作出承诺并且缺乏模仿的意图，那么，评价系统和更大的绩效管理系统（隶属于评价系统）就会像纸牌搭成的房子一样容易倒塌。

许多系统——或者更精确地说是许多评价文件或表格系统——必须包括所需技能的清单，以及填写个人或团队的共同目标的空格。在下一章中，我将讨论技能的问题，特别是领导技能。现在，让我们考虑如何评价人们是否已经达到目标的问题，以及我们是否应该努力地去做更多的事情。举例来说，我们是否应该把绩效和报酬或其他的奖金相联系？我们是否应该把绩效和提升或提升的建议相联系？我们对于不满意的绩效能做些什么——支持它还是减薪？

我认为，答案在很大程度上依赖于组织复杂的层级结构以及管理水平，尤其是人力资源管理系统 (HRM)。组织所有层级的人都能理解并能接受简单的评价系统，这能增加组织的价值，并能对个人和组织的发展作出贡献。即使是在最成熟的组织中和处于发展阶段的组织中，这也是事实。相反，一个过分复杂、容易误解或危机重重的绩效评价系统肯定存在负面影响，并且会阻碍目标的实现，由此导致的结果是，组织将面临名誉扫地的危险，并将会给其他的绩效管理系统带来不良影响。所以，首要的信息是："使它保持简单 (Keep it simple) ！"巴卡尔也是这样倡导的，他对纯目标体系的横向指标和纵向指标进行了比较，以试图把结果、衡量结果以及改进结果同工资和其他动机联系起来，但这样做总是困难重重。试图对技能、衡量技能以及改进技能的相关流程进行奖励则更为困难。试图使这两者结合起来是一个危险的举措，如果一旦如此行事，你就不能脱身。我对此的忠告是，不要去尝试！

我所倡导的是，如果你正在设计一个新的评价系统，或者已经设计出来，那你就应该想到，该系统要由三个部分或者可能是四个部分组成。我所建议的这些部分不会很复杂，相反，领导者将会使它简化，并使其在所有方面更容易掌握——这是大多数评价系统所迫切需要的！

1. 准备

如果员工和评价经理能抽出一些时间对评价会议进行适当的准备并进行思考，这显然是很有用的。我相信，如果事先没有设计好结构的话，评价工作无疑就成为一个被双方推卸的任务。因此，制定一个文件是有好处的，此文件是绩效评价表格的第一部分，并能够了解参与者先前的想法和偏好。因此，准备工作应该提供一个章节，此章节能从双方的角度记录思想和建议, 即有关个人的目标、优势以及要改进的领域、培训和发展的需求或期望以及未来的渴望。如果有一个建议被采纳, 那就没有必要把它作为文件或者电子记录的形式保存下来。

2. 绩效契约

文件的下一个部分应该列出目标, 而这些目标是由各部门所制定的, 并且该目标也应该是 "SMART"。列出六个目标大概就足够了。有些目标为什么不应该作为团队的目标, 这其中没有什么理由, 团队目标的制定是基于个人期望所作出的贡献。其中心要点是, 尽管这些目标在许多情况下是由管理者或评价人员起草, 但该目标的确定应该得到劳工双方的一致同意, 这是由于任何目标或潜在的衡量指标都和劳工双方有着紧密的联系。这个被认同的清单就构成了绩效契约的主要部分。在合法的情况下, 该清单甚至可能会形成一个绩效契约。在众多高层管理者对绩效契约负有完全责任的情况下, 该契约就是合法的, 或者在契约的基础上来雇用员工 (譬如, 为了继续运作一个项目), 它也是合法的。在这些情况下, 绩效契约很可能就成为合法雇用合同的一部分。

绩效契约也应该为已记录的契约提供相关的培训和发展。这不仅仅有助于激励员工, 而且能使他们确信, 他们个人的发展对企业来说至关重要。绩效契约还提供了预算和计划方式来节约契约成本, 并且有助于确保整个评价过程被视为是必要的发展过程。

3. 绩效回顾

文件的这一部分就应该召开总结会议, 时间一般定在评价过程的中期 (通常是六个月), 而评价过程通常要把计划和实际运作联系起来,这就给劳工双方提供了机会，以此评价最初认同的目标是否仍然是相关且及时的。如果不相关并且已经过时，那就要对它们进行修正或者补充新的内容。任何被提议的培训和发展是否被执行？产生了什么效果？是否需要记录？这就提供一个机会去监控和评价，员工是否感觉到他们从这些培训和发展中获益，而且，在技能和绩效得到提高的情况下，培训是否合适且节约成本。

4．绩效评价

最后，我们要涉足文件的另一部分，此部分记录了令人生畏的评议会 (appraisal interview)。这种评价通常被大多数人认同为"绩效管理"，但是正如我希望陈述的那样，它仅仅是链条的一个环节，是整体的一个部分。仅仅运用讨论和判断的方式对目标的发展进行评价，其益处在于，对大多数人来说面临的威胁更少，因为它处理的是已知的事物，因而就不可能产生令人惊奇的结果。它从表面上看是很客观的 (objective)，一旦我们提出技能评价的议题，或者运用分数的形式来评价人们的技能水平（以此判断他们的行为），那么，我们就会陷入危险而又主观臆断的境地。

然而，一些人（尤其是管理者）通过专制和残暴的方式并施加压力，以促使员工顺从，这种方式取得了显著的绩效，这很可能是事实。我的建议是，所得到的成果不可能像我们期望的那样辉煌和显著，因为人们在这种情况下不会倾其全力。然而，关心是一个重要的因素，特别是在这些管理者没有持顾客导向的理念时更是如此。只要他们的下属达到了最基本的绩效要求，那么，可能就会把管理者缺乏人际沟通技巧的事实掩盖掉，从以前学校毕业的销售经理尤其存在这种想法。

我已经发现，这对于一些发展中国家是很危险的，在这些发展中国家中，"老板"和下属间的权力差距过大，并且他们的领导观念很淡薄。如果权力仅仅是以职位或者头衔为基础，那么，在评价管理者时仅仅依赖于目标的实现就可能是危险的，但出于同样的原因，极度复杂的系统以及主观臆断的不信任的系统，也存在同样的危险。当然，出现这种情况并不是经常的。

在良好运营的组织中，所得到的答案通常包括在评价列表中，此列表列出了被评价人的一般技能和特殊技能，这就为提高如下技巧提供了机会，即人际交往技巧、指导和培训技巧、聆听技巧、谈判技巧、沟通技巧（口头和书面沟通），等等。这里列出了许多普通管理方法或监督技能。然而，这些列表的作用是什么？它是否介绍有关级别和分数的困难问题。举例来说，你应该如何依据目标的实现程度来对技能进行全面的评价，从而对其进行合理的分类和打分？哪一个更重要？是否需要权重来反映它们的相对重要性？

如果领导和执行团队能够把这些问题进行合理的分类，那么，人力资源管理 (HR) 的专家或顾问就会不容置疑地提出建议，他们有能力使组织的目标和谐统一。假若在理解主题时存在着任何疑问或者存在不可调解的争论，那么，我的建议是，应该单独对所取得的成果进行评价分析。如果执行团队希望在评价报告中（可能是在培训和发展机会的评价报告中）包括合适的技能并评价它们，那么，对这些技能进行描述就应该求助于专门的标准汇编报表。采用文字描述是不容易的。很难对技能进行描述或者对其予以量化。而且，我并不提倡企图对所有的技能都进行最终的评价，特别是在运用某种方式与报酬相联系时。

对于大多数员工来说，最终的考评就是对真实的绩效进行评价。对管理者的评价可能基于绩效结果，这些绩效结果可能会包括领导技能指标中的可衡量目标。我将在第 13 章对此进行更深入的讨论。如果处于各个层级的人们都有机会发挥他们的领导潜能（这些能力通常被证明是卓越的），并且通过被授权来找出革新的、适应性的或有效的方式来鼓励解决问题，那么，他们将能够完成或者超额完成预计目标。他们也会很乐意地与其他人保持紧密联系，以此增加流程的价值，以便得到的成果会大于各部分的总和。

最后，永远不要忘记的是，只有良好的体系和适合的组织结构才能使员工发挥最大的潜能。要记住，组织或者公司本身就是一个复杂而又动态变化的有机合成体。车轮偶尔也需要油来润滑，零件还需要维护。员工不是机器也不是工蜂，他们需要一个良好的环境和组织结构，以使障碍减少到最小来产生卓越的绩效，并使领导潜能得以发展。

技能！技能！

最好的领导者是这样的，他们乐意帮助员工发挥潜
能，以使员工最终在知识和能力上超过他们。

弗雷德·马斯科

（Fred A Manske Jr）

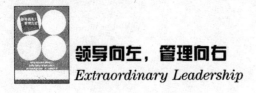

定 义

在最后一章中，我将介绍用于评价管理者的思想，这和领导技能指标是相对的。技能是一个描述持续性的单词——在此包含了技巧和能力。在达到全能的过程中，技能被分为不同的阶段。事实上，一个人可能会认为，在需要努力的许多地方（如果不是全部），没有"全能"(fully competent) 的领域，因为随着时间的推移，总是存在需要改进的空间，并且我们对技能的观念也会随之而改变。运动员不断地创造新的世界纪录，这个不可改变的激动人心的过程就表明了这一点。一些定义表明，技能这个单词本身就暗含着人们企图掌握所需的技术水平以实现目标。举例来说，如果我们把某人描绘为一个有技能的领导者，那么，几乎就可以把这种描绘视为"苍白无力的赞扬"（damning with faint praise）。为什么不说成是一位全能的领导者、高效的领导者、给人以深刻印象的领导者，或者是一位卓越的领导者呢？除非你这样描述是为了使描述更为合理。

但这是语义学的问题。在过去的 10 年中，整个行业由于技能的提高而迅速成长，大多数人力资源专家至少知道他们所定义的关于"技能"的含义。事实上，他们都不会孤立地理解这个词，也许是因为技能在过去的意思就有点模糊，并且也容易和技巧与能力相混淆。在处理旧的、以前不可解决的关于衡量和评价培训有效性的问题时，所取得的最大的进步就是超越常规。事实上，定义和描述技能水准（在具体的环境下）被证明是可能的，然后，继续鉴别可验证性的指标并为证据提供例子，即一个人需要这些证据来证明要达到的水准。结果，所产生的真正的实践学习能有效地应用到工作中，对此抱有信心最终就会导致设计职业培训是可行的。这和简单地建立理论知识体系是不同的。在考试过程中，一些学生比起其他学生能更容易作出反馈。当然，现在对于理论知识的需求和以往一样，但在更宽松的环境下教授和学习理论知识时，理论知识很可能就会得到更多的保留和运用，而宽松的环境对于支持实践和经验是非常必要的。

案例教学

哈佛模式成功地广为流传就在于商学院采用了成功的案例教学。它已经从根本上改进了传统的"粉笔和说教"（chalk and talk）的大学教育模式，实际上，它用"运用"取代了"纯"理论知识。案例教学的好处在于帮助学生做到理论联系实际，然而，他们仍然试图去分析并提出有关别人实践的建议。我总是感觉到，这有点类似于让一个团队在两张桌子之间用卡片和回形针搭一座桥。对这座桥进行分类通常是个麻烦的过程，并且还要检查一下在建桥的过程中是否运用了合理的工程学知识。建桥的人通常在看到示范以后才能取得成功，这也和在空中飞行一样。麻烦的事情是，如果在堆砌过程中整座桥坍塌了，那只会带来一点小小的痛苦。失败的代价并不是很高，因此，也不会引起密切的

领导向左，管理向右
Extraordinary Leadership

关注或者严重的教训。甚至没有人会走过桥去看一下此桥是否为他们的目标服务。真正的案例教学要求学生全身心地投入，并要求他们把所学的知识（也可能是他们所组成的团队）应用到工作岗位中真正的管理或领导问题中去，或者把所学的知识应用到要求他们找出问题的任务中去，这些问题需要创造性的解决方案和工作计划，当然，这些解决方案和工作计划是很有价值的。

外部发展

在上个世纪 80 年代，运用外界的力量来进行管理的潮流出现了。不幸的是，这种潮流明显地具有潜在的商业利益，少数善于寻找外部机遇的人获得了这种商业利益，并宣称能够培育管理者——或者甚至是领导者，结果，这种外部发展理论声名狼藉。我说这是不幸的，其原因在于，我认为这种类型的培训能够让管理者学到更多的东西，特别是对于领导者而言。那些利用外部力量、追求外部效应的管理理论发展专家运用外部发展理论来提高实践经验，并减少所面临挑战的威胁性，这种方式通常是强有力的。在这样的情况下，就不会发生以下情况，即参与者因不能胜任工作而产生恐惧心理，他们不能自我超越，产生局促不安的心态，或者感受到威胁。有意义的讨论将在每一组完成任务以后举行，并且该讨论还被那些知识丰富且与工作场所密切联系的人们所推动，而讨论的内容是关于不同的挑战是否健康、明智，范围是否大或系统是否相关。

机会主义者就是指那些可能是熟练的船员或擅长岩石攀爬作业的人，但他们对于如何发展管理者和领导者却一窍不通，如果企业被这些机会主义者所推动，他们就会解雇许多员工。通过设定不可思议的身体挑战，这些挑战甚至会危及中年男性执行官的健康，这些方式就会使许多女性管理者望而生畏，即使这样，有些人为了满足虚荣心而不择手段，以达到出名的目的。这是不必要的。发展管理团队的成本并不低廉，这将会变得非常地明显，假若发展管理团队是人们喜欢和想要做的话，那它与在新鲜空气中休息几天并寻找机会来推动自我不一样。如果有机会，经常不断地学习不只是对过去工作进行回顾，对于人们来说，更为困难的事情是，他们应该把这段经历当作愉快的差事并把它运用于每天的工作中。一些非常不走运的意外事件以及保险费用最终会导致方法的失败，采取这些方法的人起先是一小撮受人尊敬的参与者。

让我们回到那个简单而又相对安全的建桥的例子。我们假设，外部发展的任务之一就是，在固定的时间范围内，小组应该运用支架、圆柱、绳索等工具在真正的河上架桥。这和在理论上建桥有很大的不同。如果桥建得不牢，那么掉下河的将会是你。如果桥建得不好，那么，这其中也许就存在更多的问题，诸如缺少分析、合适的计划、时间或者资源有限、协调欠缺，或者也可能是领导能力的不足，以及管理人员在具体执行过程中所犯的差错。但有一点是值得肯定的，作为一种学习方式，此小组中没有一个人会忘记这次经历，或者感觉到它是枯燥无味的。这次经历将理论和实际结合起来，它包括了思考、体验和运作的过程，并且最重要的是，完成这个任务还需要像团队这样的小组，该小组还要承担责任来解决他们在工作中遇到的新问题。

这不同于火箭的研制，军队在测试选择甲板的过程中花了50年的时间。我不主张企业或者公共部门效仿他们的行为方式（尽管有些人已经这样做了），我执着的观点是，合适地、创造性地利用外部环境仍然可以为管理的发展提供有利的机会，这不仅仅是由于已经设计好任务，而且这通常要求范围更广的系统思考并系统地作出优先权的选择，这些就能模仿企业运作环境的复杂性。有人认为，计算机在今天能做所有的事情。对此，我持怀疑态度，除非有人能够向我提供一个用计算机设计的任务或案例分析，而这些任务或案例分析能在你失败的时候帮助你。

竞争优势

人们已经建议，在竞争日益激烈的国际环境下，国家间竞争的焦点最终会体现在公共部门的实力较量上。这是一个有趣的观点，其原因在于，世界范围内的公众服务正努力变得更为"商业化"，特别是在消费者所关注的问题以及对资金更为有效的使用方面。此外，我们可以从最近的历史中看到，国家的公共部门对于经济增长以及财政和支出的管理（这既是简单无效的意识形态，也是腐败的根源，也许是两者的结合）已经无能为力。领导在这些方面已经名不副实了。另一方面，我却深信，在竞争机制较为完善的国家里，总是存在一个因素使领导技能更为完整且持续地向前发展。这并不只是简单地针对高层官员（诸如美国总统，这些大部分人的个人价值观和处事原则在这些年都受到了质疑），它指的是在所有层面上有关领导本质的范例。

有人会说，正如出生地点的差异能为个人以后的成功提供不确定的机遇，所以，一些愚昧而又不幸的国家（大多数位于南半球的非洲国家）从来就没有得到过合适的发展机会。当存在这种情况时，人们就很容易责备殖民侵略、官僚作风、冷战、腐败、天气或者甚至是地处偏僻。

我对此将提出异议，并提出我所赞同的观点，我曾经在更多的"第三世界"国家考察、居住甚至工作过。所有这些国家现在都已经受到了巨大的挑战，但是我相信，这都会涉及史蒂芬·科威所谓的"以原则为中心的领导"以及我所称之为的"卓越的领导"。前者（以原则为中心的领导）显然在许多贫穷而又欠发达的国家没有多大的用处，除非出现像南非的纳尔逊·曼德拉 (Nelson Mandela) 这样的人。如果后者（卓越的领导）能够从支持它的基本价值观和原则出发，它就能得到有效的应用，那么，它将一直得到国家援助机构的支持 [如国际货币基金组织 (IMF)、世界银行 (The World Bank) 以及其他许多多边和双边的援助机构]。我清楚地意识到，争论的焦点是债务负担，以及这些机构的影响和干预是否会带来利益或是损害利益，我不想在此进行讨论。

从经济持续发展的角度来看，优秀而又富有原则性的领导将会吸引外商合作伙伴向新的商业机会投资，这些投资机会通常是在丰富的自然资源（这也包括人力资源）领域。为了从中掠夺资源并利用当地廉价的劳动力，外商投资者立即会对历史的不稳定性以及地方的腐败现象作出反应。我相信史蒂芬·科威的建议，商业企业在本质上和公共部门没有什么区别，并且其竞争优势的基石最终将是领导、价值观以及技能的完整性，领导者运用这些就能促使组织向前发展。

在公共部门中领导发展的新趋势

假若我们运用这种方式认识并定义"好的实践"，那么，从中提炼

领导向左，管理向右
Extraordinary Leadership

领导的本质并"固定它"（bottle it）应该是可以的。然而，我们需要防备的是，我们所具备的实践经验和能力可能会搅乱我们的价值观和原则。我相信，私人企业在这方面应该向公共部门学习更多的东西。多数商业企业没有时间和资源去发展具有实践价值的好的理论框架，除非这些公司非常大。当这些大公司的确发展了这个理论框架，它们自然就会从自身的利益出发来保留这些信息，而不是像现在的公共服务部门一样无私地和别人共享信息。这同样也适用于大多数的咨询公司或者管理培训公司，甚至是大学的商学院也在竞争日益激烈的市场上推销它们的产品，即 MBA 的学生。与此相对应的好消息是，现在通过因特网就能有效地获取最新的国际经验以及最好的知识。

就公共部门的要求而言，澳大利亚的公共服务部门在发展公众设施方面已经做得相当出色。很多有用的资料都可以从公共服务价值保护佣金（PSMPC）的全球信息网上获得，其网址是：http://www.psmpc.gov.au/leadership/。

管理章程倡议书（The Management Charter Initiative MCI）在英国已经发展成为普遍的管理标准，尽管我已经在其他书上指出，仅仅运用一点点想象就能发现很多事物是普遍而又变化的，但是管理章程倡议书包括了高级管理标准，也陈述了领导技能的问题，它在私人部门也成为关注的焦点。管理章程倡议书的网址是：http://www.bbi.co.uk/mci。

在许多其他国家，MCI 为了职业资格认证而对管理准则的应用程度已大大超出了我的想象之外。这些准则是采用叙述性的行为描述制定出来的，它们这些准则还被划分成不同的技能。所需要的基础性的知识被详细地加以说明，这正如为了进行独立的评价以及资格认证而建立一个部门，为了得到所需的各种证据而对给出的建议进行详细叙述一样。尽管人们试图急切地指出职业资格认证与技术资格认证并不一样，但职业资格认证在五个层级上是可用的，其中的第三层到第五层或多或少地就可分别看做是管理学和 MBA 的文凭和证书。令人遗憾的是，职业资格认证仍然没有赢得声誉，技术资格认证的同构现象因而非常盛行，尤其是在 MBA 的学生中。职业资格认证的确有着非同寻常的优势，它使以工作为导向的学习过程更为便利，并要求在实际工作中对部门资料进行修改。个人的发展并不要求员工脱离工作去学习几个月或者是几年，这也是不经济的。

加拿大政府已经创建了领导网络，它同样提供了一系列能反映国际最好实践的指导、文献以及论文，还包括了领导技能方面的很多资料。其网址是：http://www.leadership.gc.ca。

加拿大的公共服务委员会 (PSC) 通过个人心理中心 (Personnel Psychology Centre) 出版了《整体的技能概览———一个模型 (The holistic Competency Profile–A mode)》，这是由斯里维斯基 (Slivinski) 和迈尔斯 (Miles) 合著的。在全书的四个部分中讲述的都是详细的指导意见以及用户使用说明，四个部分分别是：简介、建立技能概览、评价技能以及人力资源管理的应用。作者使用一个 "W" 来证明其拼写的正确性：

> 我们使用 "W" 的主要原因在于，模型是关于整个人、整个技能范围以及行为指标、整个组织以及整个人力资源管理的应用。称其为全部技能概览，因而仅仅使用一个模型似乎还不太合适。

加拿大的公共服务委员会也已经对技能框架以及所使用的工具作了一些有用的调查研究，并公布了结果。其网址是：http://www.psc-cfp.gc.ca/research/personnel/comp_frame_e.htm。由萨里·路克（Sally Luce）和布

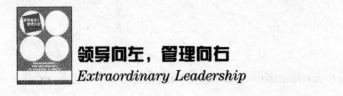
雷纳·里奇（Brian Lynch）共同研究出来的 1998 年的目标是：

- 为创造和评论提供环境：
    — 以技能为导向的人力资源系统和子系统。
    — 技能工具和评价。
    — 技能政策和关键问题。
- 对众多的技能文献进行整理。
- 为技能观念而发展检测框架。
- 决定更多的调查和分析领域：
    — 为运作决策提供实践信息。
    — 支持政策和项目的发展。

这篇论文简洁明了，并提出许多令人深思的问题。该论文的结论是所有的组织领导者都应该考虑如下问题：我们能从技能导向的方式中学到什么？我们是否有必要的工作准备来衡量技能导向所产生的影响？如果我们不使用技能导向的方式，其结果又会是什么？

领导发展过程中好的实践的特征

澳大利亚的 PSMPC 已经对大部分的机构作了调查，并且鉴别出领导发展过程中好的实践具备七个特征。他们的建议如下：

1. 认识到领导是处于一定的环境和具体文化之中。
2. 关注会议、变化的结构、企业关键的目标以及面临的挑战。
3. 作为变革的驱动力。
4. 为发展员工而承担责任。

5. 使用能力模型和核心项目对完整的系统进行细分。

6. 实行高层管理。

7. 利用不同领域的资源、学习的方式和方法，经常利用社团或合伙企业。

认识到这些特性的重要性，PSMPC 发展了高层执行领导能力框架（Senior Executive Leadership Capability Framework）。此框架说明了高层执行人员要取得高绩效就必须持有五个核心的关键因素以及核心的价值观，这其中最重要的高品质是领导，它在易变的环境中对于取得高绩效是关键的。

领导能力框架

在任何企业或组织中高层领导者的最基本的作用是，在持续不断的改进整个递送流程的过程中发挥作用，即把企业的核心服务职能传递给顾客和利益相关者。在第 7 章中我们探讨了在取得绩效的过程中如何使愿景和战略的梦想变成现实。高层领导者也需要制定政策和策略，来解决每天在新的适应性工作和创造性工作中所遇到的各种困难，从而使自身亲自投入到教导别人的工作中。

在这种环境下，他们肩负着特定的责任，以确保产生对实现结果作出贡献的产出递送，而结果是由企业的顾客和利益相关者决定的，这就和我们在第 11 章中所看到的一样。他们必须采取整体的观点，并关注一组相异的、甚至有时是相互冲突的优先权间的联系。这就要求他们去制定组织的共同愿景，并激励员工去实现更高的绩效。

任何能力或者技能框架对于影响绩效的关键因素有着共同的认同

感——在此指的就是领导角色。在第 1 章中，我讨论了领导技能的基础，在第 3 章中，我列举了一些影响卓越领导的技能，这些技能我都在前面几章零零星星地提到过。所列出的这些内容，或者更准确地说是你自己所列出的这些内容，能够构成任何已出版的以及通常做得非常好的调查列表的分支，这些列表就像由澳大利亚公共服务机构所采纳的列表一样。它对这个框架的完整描述可在如下网址中找到：http://www.psmpc.gov.au/leadership/supplement.htm。

　　一个好的框架在实际应用中具有潜在的作用，这些作用包括：

- 选择；
- 领导的发展；
- 绩效管理；
- 短期和长期的连续计划；
- 为了组织的发展而更主动。

　　以一种连贯的方式去应用一个框架 (作为一个标语而具有灵活性)，并且把该框架作为一个政策和战略工具以在整个系统范围内做出和领导相关的努力，这将对任何组织高质量的领导文化的可持续发展作出贡献。事实上，这是董事会 (或者在平衡记分卡) 在应用连贯性和一致性，这种应用将会产生非凡的结果。技能本身并不卓越，并且这些技能是我们借用了别人的定义还是我们自己发明出来的，这都并不重要。对于最好实践的观念有着足够多的共同见解，这将会促使这些观念得到更为普遍的发展。我的观点是，卓越的高绩效 (产生于单个领导者，或者员工，或者是整个组织) 是由于采纳一个政策和战略所导致的结果，从而能把这些技能的发展整合到整个组织的生存系统中。回顾一下我先前采用的园艺的暗喻，即使全面施肥和适当照料没有使用新的机器或工具那样重要，但它也是非常的重要。

行为和指标

最困难的事情之一就是，当试图去掌握一种技能，或者像澳大利亚人所称的技能结构时，一方面要对行为框架进行最好的描述，另一方面也要有指标来判断和评价人们的行为。如果你尝试着这样做，你将会发现，描述合适的指标与描述能力标准一样，这是一种趋势。我必须要说的是，令人羡慕的 PSMPC 也有容易落入陷阱的缺陷。指标通常是对行为进行范围更广的、更细致的描述，但指标是不能量化的，或者对于任何程度的技能发展都没有量化的衡量方式。

我承认，我们试图去描述更多的具有战略意义的技能，那么，约束和限制那些显性的指标也就更为困难。正如我们所发现的，在战略计划的过程中，使制定出的目标和结果更为 "SMART"，以及通过 QQT 的方式而使绩效指标得以量化，这是可能的。尽管我们一见到指标就知道其意思，但我们还是必须尽最大的努力去选择评价技能的指标。

然而，让我在此再提出一个忠告。我提议，杰出模型最基本的运用是作为战略发展的一个工具。我还要说的是，在许多组织中，杰出模型在评价、记分以及制定基准方面的更流行的运用是其次的。我认为，杰出模型同样可以应用到技能或能力框架中，不管对于领导或任何其他的工作水准都是适用的。我们甚至还要认识到，一个合意的或者日益需要的一组技能将用来支持和协调个人的发展、绩效管理以及计划系统的持续发展，并且鼓励人们理解这些技能如何指引通往高绩效的道路，所有这些认识将对任何组织产生深远的影响。在试图找出对每个技能的明显要求时，没有必要去尝试职业资格认证的道路，这会使人停滞不前。分析不是战略，并且分析也不是把战略变成行动的方式。

多重能力

我们已经看到，某个优秀而又灵活的人有时会脱颖而出，他们被证明有着正确的领导能力，当然，要在恰当的时间和地点范围内正确地定位自己时才会产生正确的领导能力。我们已经看到，现在我们所看到的要成为21世纪有效的组织领导所必备的品质有别于前几代人所接受和倡导的领导品质。然而，被看做是"令人钦佩"的个人品质或许就是那些总被认为的领导品质，这是很有可能的，因为这些品质能反映个人最基本的道德观念。正如玛特 (1999) 在他所著书的序言中所说："就像在旅行时能看到大自然的地貌特征，这不会减少再次看到这些地貌特征的愉悦感，这是旅行者几乎不可改变的事实。"

我们已经看到，技能的混合模型是如何不幸地变得不"平常"，这是因为"普通管理"不需要这种全面而又不普通的技巧，或者就像阿里思戴尔·玛特所称作的"多重能力"。玛特列举了七种基本要素，把这七种要素综合起来就会成为成功的领导。的确，他对它们进行因果关系的排列，以此表明每一个要素是如何影响其他要素。这些要素依次如下：

1. 权力。
2. 目的。
3. 判断。
4. 系统思考。

5. 心智健全。

6. 更广泛的知识。

7. 有效的循环——这能使有远见而又足智多谋的新一代领导者自然地脱颖而出。

假若存在着前所未有的需求，那么，保持竞争力或竞争优势就能给企业或组织的领导者在全球经济一体化的环境下带来新的希望，然而，也许被称为"卓越"的领导可能会变得更为普通，这正如我在其他地方所说明的那样。卓越的领导应该在早期（管理者或者领导者职业生涯的早期）就被识别出来，并且能够得到鼓励和发展。卓越的领导需要得到更多关注的说法也是正确的。缺乏卓越也许就赋予卓越更多的额外价值，而这种价值会导致更认真而又不断的努力来鉴别和培养卓越的领导。这种行为应该受到赞扬而不能被认为是古怪的、无人奉行的或者具有威胁性，在一些传统的等级制度森严（有人把这称为男权主义，而且这种组织的规模通常庞大）的组织中，这是事实，这些组织通常完全忽略或缺乏上述的能力或技能。

改变战略上的两难困境

特纳（Hampden Turner）建议，领导者所必备的一个关键技能就是有能力面对战略性的两难困境。这似乎是合理的，并且也认识到一些两难困境的逻辑关系，我们在本书中已经看到这些两难困境，例如，同时管理绩效和不确定性。特纳提供了帮助管理团队创造性地作出决策的各种不同方法，并且他还把这个过程总结为下面的 7 个步骤：

1. 引出两难困境。从两难困境的"犄角"（horns）中识别矛盾的对立两方，举例来说，成本和质量的对立，或者地方政府与中央政府的对立。特纳建议，幽默在此过程中可能是独一无二的财富，因为对于一些公司来说，承认两难困境的存在似乎是很困难的。

2. 作出计划。把对立的价值观画在两个轴上，并且帮助管理者沿着这两个轴识别他们自己或者他们组织的现状。

3. 处理。不要使用名词来描述相对应的事情。在名词后面加上"ing"就变成现在分词的形式，这就把一个僵化的名词变成一个动态的过程。例如，中央控制和地方控制就相应地变为"加强国家机构的作用"以及"增加地方政府的主动性"。这就能弱化两个相对应的概念。我们可以这样认为，"地方政府能从提高全民服务中获益"，或者电子销售人员掌握关键的技术诀窍并具备一定的能力，就能使现存销售渠道间的联系更为紧密。

4. 限定的环境。在不同的价值观体系中，通过"江山轮流坐"（each side in turn be the frame or context for the other）的方式就能极大地弱化相对的价值观。角色—范围（figure-ground）关系的转变就破坏了任何暗含的企图，即认为一种价值观在本质上优于另一种价值观，因此，为能使两者得到持续的改进，就必须使用创造性的思维模式。

5. 排序。打破静态思考的方式。通常，像低成本和高质量的价值观似乎是对立的，因为我们是以一个时间起点来思考问题，而不是在发展过程中来思考问题。例如，一个新工艺的投资策略以及发展一个员工承担责任的新文化可能会在近期花费时间和财力，但是，这种投资在长期能获得可观的收益。

6. 波动/周期。有时，通往改进两者价值观的战略路径是一个周期，即在一定的时间范围内两者都会变得更糟糕。但是，在更深层次，两者一直都处于学习中，这就会促使两者的价值观在一个周期中会取得更高的水准。

7. 协同效应。根据相关的两难困境而做出行动就能达到协同效应，即取得重大的进步（当然，这就是最终的目标）。正如哈姆德·特纳指出，协同效应是独一无二的系统观念，它来自希腊语"syn-ergo"，其意思就是"一起工作"。

这 7 个步骤对于管理团队（尤其是领导者）来说应该是非常有用的，在试图制定出可行的电子战略的环境下，他们会发现自己处于两难困境中——或者也许处于以上七种步骤中。

吸引并保持最好

持久力问题，或者像军队过去所使用的所谓"内部招聘"（internal recruitment）问题，这些比以往任何时候都显得更为重要。花费了大量的钱财去挑选、招募、培训和发展新一代的领导者，一旦你享有了"培育"这些领导者的名誉，你就不会让那些肆机而动的竞争者挖走这些人。看一下一些市场主导的电子商务公司如何面对来自竞争对手的挑战来吸引和保留精英人才，这是非常有趣的。巨大而又诱人的机会现在正等候着那些综合素质较好的毕业生。五星级的工作条件、靓车以及"金手铐"（golden handcuffs）在硅谷是很正常的。在 2001 年年初，网络公司的股票价格大跌（公司价值总是过于高估），公司领导者才再次冷静下来并进行理智的分析。纠正过失是必要的，并且及时地回想起很多我所说过的关于制定合理计划的必要性（首先是合理的领导），这对于高科技或进行网络投资同样重要。

但是，在我们关注吸引力和持久力的同时，我们是否在谈论卓越的技术能力、卓越的企业家洞察力，或者卓越的领导潜力？我在本书中已经列出并讨论了一些领导品质，这些品质在 10 年后也会是相关的和合适的吗？这些一直是本书的中心议题，由此我建议，尽管这些领导品质可能会在以后不相关，但它们可能仍然是卓越的。

译后记

本书名为《领导向左，管理向右》，主要是为了区分普通的管理与行动的领导间的区别。因而本书对于读者，尤其是从事管理工作或处于领导地位的读者将会有很大的帮助，通读全书将会使他们意识到行动的领导能产生普通的管理永远也不可能产生的卓越成效。在写作内容和结构安排上，本书并没有沿袭众多的管理学所分析的一般框架，而是从全新的视角、采用全新的管理方法阐述了卓越的领导的特性以及如何把行动的领导变成实际的行动。本书也对领导作了一个全新的定义：领导是通过战略思考和共同行动把愿景转变为现实的过程。为了能更清楚地说明行动的领导对企业或组织所产生的巨大效应，本书还采用了管理学界比较新的管理模式，其中有群策法（Mindworks Approach）、EFOM 最优模型（欧洲质量管理模型）、平衡记分卡模型（Balanced Scorecard）等，这些模型目前受到广泛的重视，它们是最新的提高管理绩效的模型，将会被更多企业和组织所采纳。

本书的翻译得到了部分硕士研究生的帮助和支持，他们承担了很多翻译工作并提出了很多有益的建议，没有他们的帮助和支持，本书很难在这么短的时间内完成，对他们表示衷心感谢，他们是：林海、万国锋、马瑞永、朱其忠、张群祥、吴剑平、杨芳、段云龙。

姜法奎　段云龙　等

精品管理图书推荐

领导如何激发员工的创造力

[英]约翰·沃特莫尔　著

陈然　朱荔　译

出版：中国市场出版社

定价：48.00 元

　　作者约翰·沃特莫尔为我们揭示了怎样激发人的潜能，使之具有创造力和创新性，并有效引导的秘密。他在对科学研究与开发、运动与表演以及视觉和平面艺术的最新成果研究基础上，强调了以下几方面的重要性：

- 充分利用个人的技能与才能；
- 给个人以空间，而不是试图控制他们；
- 支持并帮他们发展。

公司常务董事的工作和责任

[英]克里斯·皮尔斯　主编

段佳陆　等译

出版：中国市场出版社

定价：48.00 元

　　一本关于董事怎样从全局着手处理董事会和公司事务的常备手册和重要参考书

　　在变化日益迅速，竞争愈趋激烈的时代，为了应对外部环境的发展和变化，加快企业自身的应变能力，更好地承担对股东和其它利益关联方的责任，公司董事起着越来越重要的责任，担负着越来越重要的工作。同时，指导、培训和激励那些未来成为董事会候选人的经理们也非常重要。

公司董事会的工作和责任

[英]安杰拉·文特

德斯·古尔德　著

卡莱娜·雷卡尔丁

何昌邑　等译

出版：中国市场出版社

定价：48.00 元

　　事实上，培养具有战略眼光只是一位董事必须掌握的新技能之一，被任命为"董事"的人中，极少有人获得入门训练或个人培训。

　　作者与读者分享他们的观点，所采用的措施和运作方式，在许多行业和公司证明是行之有效的。本书包括如下内容：

- 公司管理失误及误判；
- 变化中的董事会角色；
- 董事会的工作和责任；
- 培养和培训公司董事及对董事会的培训。

　　虽然本书是为董事写的，但其中许多原则和观点对其他高级管理人员同样有用。

业务外包

[英]约拿森·里维德

约翰·辛克斯　主编

吴东　高核　等译

出版：中国市场出版社

定价：48.00 元

提升企业竞争力的战略决策

　　企业不论规模多大，资源永远有限。业务外包正是以人之长，补已之短。本书完整探析了外包策略，为提升企业竞争优势开启了另一条大道。

核心竞争力

[英]朗·西韦尔 著

姜法奎 等译

出版:中国市场出版社

定价:60.00元

　　你的成功依靠创建一种使你团队中的每一个成员尽心竭力为你的成功而努力的环境。

　　本书有给读者的忠告和被验证了的实用方法。这本切实可行的管理指南从以下4个方面给企业经理及其团队提供了宝贵的建议:

● 为决策和解决问题承担责任;

● 有效的管理组织;

● 取得有重大改善的效果;

● 既达到个人目标又达到职业上的目标。

通向富裕和公平之路
——茅于轼精选集

茅于轼 著

出版:中国市场出版社

定价:29.80元

● 道德能值多少钱

　　——中国人的道德前景之反思

● 通货膨胀到底是什么——生活中要知道些经济学

● 穷人和富人——经济繁荣与社会公正

● 什么样的汇率有利于中国——我理解的中国发展与世界

　　精选了茅于轼近几年关于道德、快乐、和谐社会、致富、通货膨胀、外汇汇率等热点问题的论述文章,他以经济学的视角看待和分析社会问题,让读者也能站在更高的层面,用更开阔的视野认识身边的事物。

营销学最重要的14堂课

[英]弗朗西丝·布拉辛顿

斯蒂芬·佩蒂特 著

李骁 李俊 译

出版:中国市场出版社

定价:98.00元

◆涵盖最新的营销实战案例

◆探讨知名企业的营销理念

◆阐释市场营销的现实应用

◆提供营销问题的解决方案

● 市场营销广泛涵盖了重要的商业活动。

● 市场营销在正确的时间和地点为顾客提供所需的产品。

● 市场营销把焦点集中在顾客或产品与服务的终端消费者上。

● 市场营销确定或满足顾客的需求,从而实现组织盈利、生存或发展的目标。

● 市场营销有助于企业获取和保持竞争优势。

第15课
——你的营销有回报吗

[英]罗伯特·肖

戴维·梅里克 著

朱立 张晓林 等译

出版:中国市场出版社

定价:80.00元

　　你的营销有回报吗? 有效的营销创造优秀的企业。

　　本书讨论的内容是如何提高营销的回报率。帮助读者了解哪些营销活动创造的价值最多,哪些则一败涂地。本书用通俗易懂的语言和切实可行的方法,从特定的角度分析营销中的财务状况。

反思:可持续营销

——亚洲公司成功的
战略、战术和执行力

[英]菲利普·科特勒 等著
李宪一 译
出版:中国市场出版社
定价:48.00元

- 全新的思考方式和研究成果
- 前沿的营销理念,引用包括
  明茨伯格《战略探索》
  奥利和克鲁格《远见卓识的领导》
  迈克尔·波特《竞争战略》
  艾尔·里斯和杰克·特劳特《定位》
  卡普兰和诺顿《平衡计分卡》
  汤姆·彼得斯《解放型管理》
  吉姆·柯林斯《从优秀到卓越》的创造性思维
- 松下、三星、联想、新加坡航空、雅马哈摩
  托车……
- 亚洲企业成功的战略、战术和执行力
- 可持续营销的九个核心要素

谋

——管理咨询师的24个
成功要点

[英]菲利普·威克姆 著
马惠琼 译
出版:中国市场出版社
定价:68.00元

- ◆ 3大核心咨询技术
- ◆ 4个关键项目领域
- ◆ 5种基本管理职责
- ◆ 9个咨询项目阶段
- ◆ 10种管理咨询角色
- ◆ 24个关键成功要点

- 管理咨询是特殊形式管理活动。
- 咨询活动为管理层提供真知灼见。
- 咨询业务使企业作出正确的决策。
- 管理咨询师为客户创造巨大价值。

做公司

——创业人写给创业人的
经验、教训和心里话

[英]大卫·霍尔 著
贾利军 郭景华 译
出版:中国市场出版社
定价:48.00元

一本企业家写给企业家们看的书

作者通过50个来自世界各地的企业案
例的分析,就企业如何树立企业精神为企业
家们上了生动的一课。

- 学会像企业家那样去思考和做事。
- 学会从白手起家创建有价值的企业。
- 对现存企业重新加以改造,恢复企业生机。

双赢:加盟特许经营

[英]科林·巴罗 等著
马乐为 雷华 马可为 译
出版:中国市场出版社
定价:60.00元

通过特许建立自己
的公司比独立经营成功
的机会更大:70%的新公司都以失败而告
终。90%的特许公司却都获得了成功。本书
精辟地说明了什么是特许经营、特许人看重
的是什么、受许人在签订协议前应做好哪些
准备工作。全面介绍了从事特许经营可能出
现的方方面面的问题,并以问题的形式向打
算进行特许经营的受许人提供了需要注意
的事项,包括特许经营所涉及的经济、法律、
营销、管理等多方面的问题。

《如何做到基业长青》

[英]菲利普·赛德勒 著
李宪一 等译
出版:中国市场出版社
定价:48.00 元

  收集了最新的研究成果并备有大量的国际案例研究

  本书的写作风格实用易懂,核心思想就是顾客、雇员、供应商、股东和社会以及环境保护的需求纳入企业的经营战略,这对于获取持续竞争力是至关重要的。

  本书提出的创新性论点"利益兼容法",对短期优先项目、股东价值与可持续性、公司社会职责以及环境责任等问题作了深入的分析比较。

简单就是营销力

[马来]萨尼·T.H.高 著
陈然 译
出版:中国市场出版社
定价:18.00 元

简单有三大好处:

- 明确,让顾客能马上理解;
- 操作性强,能迅速有效地实施;
- 可验证性强,方法对不对、好不好很快就知道。

  简单的营销能吸引顾客,复杂的营销则使顾客疏远,却又使营销者沉溺其中。如果你的营销策略不奏效,本书能提供你一些简单的理念,激活你的思想;如果你的策略有效,本书也能作为一个提示,使你继续在简单之路上迈进。

营销第一

[英]彼得·谢弗顿 著
陈然 译
出版:中国市场出版社
定价:60.00 元

  彼特·谢弗顿一步一步为你介绍市场营销计划的全过程,告诉你如何:

- 开展市场研究;
- 制定市场营销战略;
- 撰写一份切实可行的市场营销计划;
- 创造出独特的价值主题;
- 通过供应链建立联盟;
- 通过市场营销组合实施市场营销计划。

激励

[英]罗德里克·格雷 著
丁秀芹 冉永红 等译
出版:中国市场出版社
定价:48.00 元

- 9个组织与个人的优秀
  绩效的测试点
- 1个实现最佳绩效的完整的体系拼图
- 20个展现优秀绩效测评相关主题
- 380个与绩效测试主题相关的切合点

  对管理者来说,激发员工的干劲和潜能的秘诀在于如何使设定的目标与员工的期望相一致,本书提出了培养员工奉献精神、激发员工更大潜能的管理手段。

局

——CEO 面临的 69 个
关键问题

[英]约翰·赞坎 著
欧阳春媚 董中 译
出版：中国市场出版社
定价：60.00 元

本书遵循了商学院经济教学的基本模式，采用了广为人知的政治、经济、社会、技术分析框架(PEST)，广泛涉及竞争、创新、决策、资源、财政、风险等各类相关要素，为CEO及其他高级管理人士提供了最佳实践指南，是CEO走向成功的必备指导。

局 II

——做家公司给你赚

[英]亚当·乔利 等著
高核 等译
出版：中国市场出版社
定价：68.00 元

企业成长问题会给几乎所有中小企业组织及其管理层带来巨大的压力和挑战。本书告诉你，首先要做好的几件事是紧紧围绕增加市场份额这个中心问题，搞清楚你现在、过去和未来顾客的真正需求，缩短产品走向市场的时间周期并抓好管理和激励员工的工作。

零售（第5版）

[英]罗杰·考克斯
保罗·布里顿 著
吴雅辉 李可用 邢丽娟 译
出版：中国市场出版社
定价：60.00元

零售传递顾客价值和实现企业目标

◆零售是独特和动态变化的行业
◆零售是连接生产与消费的纽带
◆零售是众所关注的焦点和核心
◆零售管理是零售企业的战略核心

- 对零售的各个方面、零售管理的基本要素和零售组织的活动进行深入探讨。
- 从理论和零售商业环境的战略执行的角度进行全面阐述。
- 提供有关零售的运作系统的出色指导。
- 总结出了进行商业管理所必需的技巧。
- 为从事零售和需要了解零售运作方式人提供了有价值的指导工具。

关键管理模型

[英]史蒂文·坦恩·哈韦 等著
李志宏 译
出版：中国市场出版社
定价：60.00 元

◆全球70位顶级管理咨询师的核心理念
◆最具影响力的56个关键的管理模型
◆企业管理思想和管理实务的核心
◆提升企业绩效的管理工具与实践

56个经典的管理模型，从作业成本会计法到价值链分析，从持续改善、管理费用价值分析、标杆分析等重要管理工具，到贝尔宾、汉迪、科特、明茨伯格等管理大师提出的经典模型

5 大类模型，包括战略管理模型、组织管理模型、基本流程管理模型、职能流程管理模型以及人员管理模型，帮助管理者理解不同模型的真谛

关键管理比率

[英]夏兰·沃尔什 著

吴雅辉 译

出版:中国市场出版社

定价:80.00 元

为管理人员、营销经理、财务专家、决策者、投资分析师提供关键的管理比率数据

◆全球 200 家企业的分析数据

◆27 种企业常用的管理比率

◆4 种影响企业价值平衡的变量

◆9 种衡量企业绩效的关键指标

◆3 条现金流量管理的财务准则

● 是管理工具,也是衡量业绩的标准。

● 管理比率可相互作用,驱动企业实现价值。

● 管理者掌握企业经营绩效的核心比率。

● 有助于管理者快速制定战略决策和掌握管理手段。

制造

[英]史蒂夫·布朗 著

李骁 译

出版:中国市场出版社

定价:48.00 元

卓越的制造商所真正重视的是:

● 出色的规划布局;

● 以顾客为中心的运营;

● 高水平但不过份的流程技术;

● 创新;

● 优异的程序和产品质量;

● 极专业化的供应链;

● 一流的团队。

精英团队

[英] 安迪·博因顿 著

比尔·费希尔

杨颖 译

出版:中国市场出版社

定价:48.00 元

◆非凡的音乐剧制作团队

◆激情洋溢的发明团队

◆百折不挠的探险团队

◆杰出的爵士乐创新团队

◆知名的全球化商业团队

● 培养团队文化,确立团队目标,领导团队行动。

● 拓展顾客,拓展团队,实现宏伟目标。

战略行动

[法]让-弗朗索瓦·费黎宗 著

赵清源 译

出版:中国市场出版社

定价:60.00 元

● 一个企业或团队应怎样进行组织以实施好一项集体行动?

● 如何基于共同的行动规则去落实一项团体行动?

● 一个社会集团内部,如果某些规则未被确立与实施,其战略行动则形同虚设。

● 战略是贯穿所有集团行动的线索,但却没有什么人可以完全掌握它。

● 战略是从走完一条道路时所获取的经验中产生的一门艺术。

● 战略筹划应以实现战略设想的具体目标为日的。

用设计再造企业

[英] 玛格丽特·布鲁斯
约翰·贝萨特 著

宋光兴 杨萍芳 译

出版:中国市场出版社

定价:68.00 元

企业全面提升的必由之路

- 设计是核心业务过程,是所有企业、服务、制造和零售的主要特征。
- 设计不仅与产品相联系,而且是传递思想、态度和价值的有效方式。
- 未来的企业必须进行创新,否则就会衰退,必须进行设计,否则就会消亡。
- 设计是企业保持竞争力、活力和效力的重要因素。

用数字管理公司

[英] 理查德·斯塔特利 著

李宪一 等译

出版:中国市场出版社

定价:68.00 元

清华大学客座教授、量化管理专家、夸克顾问公司总裁王磊推荐

- ◆《金融时报》权威出版机构推荐授权
- ◆中国企业全面提升的必由之路
- ◆精细化管理的有效保证

- 战略需要数字作依据
- 细节需要数字作说明
- 经营需要数字作评估
- 管理需要数字作指南

创新管理与新产品开发

[英] 保罗·特罗特 著

吴东 等译

出版:中国市场出版社

定价:68.00 元

- ◆全球商学院核心管理教程
- ◆《金融时报》权威真实案例
- ◆最新前沿理论和发展动态
- ◆商业人士成功的必备指南

- 创新是提高企业竞争力的最前沿问题。
- 创新管理和新产品开发是经营性组织获得竞争优势的主要决定因素。
- 全面引入创新管理的观念,把创新置于战略和管理的视野中。
- 立足创新、技术和新产品三个关键领域,为管理者提供管理创新过程的实用工具。

供应链致胜

[美] 大卫·泰勒博士 著

沈伟民 王立群 译

出版:中国市场出版社

定价:60.00 元

供应链竞争决定成败

- ◆权威出版机构推荐
- ◆全球商学院核心课程
- ◆供应链领域权威著作
- ◆高层经理人进修快速通道

- 旨在为企业经理人提供供应链管理指南。
- 包含多达 148 幅精心设计的插图。
- 新时代竞争的本质是供应链之间的竞争。
- 供应链管理是商业中最具挑战的领域。
- 有助于企业经理人制定供应链策略以及进行供应链设计和管理。

《领导向左，管理向右》出版销售信息

欢迎洽谈出版发行事宜

中国市场出版社：中国经济、管理、金融、财务图书专业出版社

中国市场出版社发行部　010-68021338

中国市场出版社读者服务部　010-68022950

中国市场出版社网站　www.marketpress.com.cn

中国图书团购网：中国企业图书采购平台，为学习型组织服务

www.go2book.net

当当网　www.dangdang.com

卓越亚马逊网　www.amazon.com

九久读书人　www.99read.com

全国各大新华书店

各大城市民营书店

北京卓越创意商务管理顾问中心　010-62103112

对本书有任何意见和建议请与我们联系：zhuoyuechuangyi@sina.com